本所おけら長屋 外伝

畠山健二

PHP
文芸文庫

○本表紙デザイン＋ロゴ＝川上成夫

本所おけら長屋 外伝　目次

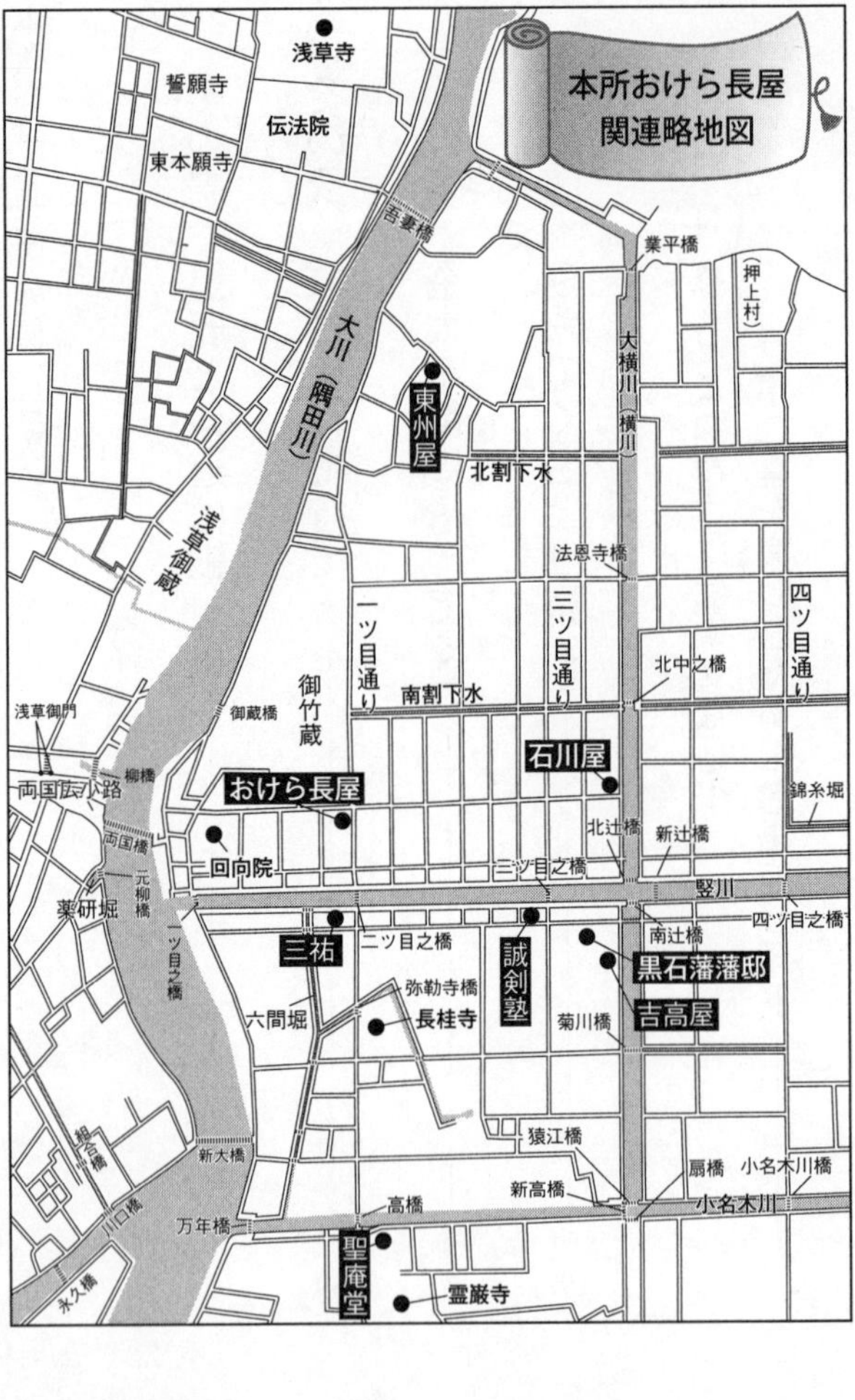
本所おけら長屋
関連略地図
浅草寺
誓願寺
伝法院
東本願寺
吾妻橋
業平橋
(押上村)
大川(隅田川)
東州屋
大横川(横川)
北割下水
浅草御蔵
法恩寺橋
一ツ目通り
三ツ目通り
四ツ目通り
北中之橋
御竹蔵
南割下水
浅草御門
御蔵橋
石川屋
柳橋
両国広小路
おけら長屋
錦糸堀
北辻橋
新辻橋
両国橋
回向院
三ツ目之橋
竪川
元柳橋
薬研堀
一ツ目之橋
二ツ目之橋
南辻橋
四ツ目之橋
三祐
誠剣塾
黒石藩藩邸
弥勒寺橋
吉高屋
六間堀
長桂寺
菊川橋
猿江橋
組合橋
新大橋
扇橋
小名木川橋
新高橋
小名木川
高橋
万年橋
川口橋
聖庵堂
霊巌寺
永久橋

本所おけら長屋 外伝　その壱

馬鹿と外道は紙一重

一

万造《まんぞう》は入江町《いりえちょう》にある米問屋《こめどんや》、石川屋《いしかわや》に奉公《ほうこう》していた。店《たな》の裏手にある離れの二階に住み込んでいたが、二十一歳のとき、長屋で一人暮らしを始めることにした。店での暮らしは窮屈極《きゅうくつきわ》まりないものだったのだ。

十七歳で手代《てだい》となってからは、得意先の番頭《ばんとう》に連れられて、鉄火場《てっかば》や吉原通《なか》いに励んだ。生意気だが妙な愛嬌《あいきょう》があり、人当たりもよく、機転《きてん》の利《き》く万造は、得意先の遊び人たちに可愛《かわい》がられた。そうはいっても、石川屋の主《あるじ》や番頭に知られたら面倒なことになる。仕事を終えて湯屋《ゆや》から戻ると、二階の部屋に閉じ籠《こ》もる。窓に小石の当たる音がすれば、お誘いの合図だ。窓を開くと、暗がりの中でだれかが梯子《はしご》をかけているところだ。

「おっ。吉野屋《よしのや》の仁《じん》さんかと思ったら、留《とめ》兄さんじゃねえですかい」

だ。

「吉野屋の番頭とばかりと遊んでねえで、たまにはおれとも付き合え」

留次《とめじ》は石川屋に出入りをしている大工で、万造より二つばかり年上の遊び人

「ですがね、先立つもんが……」

「おめえが金を持ってるなんざ、だれも思っちゃいねえや。いいから、早《はえ》とこ下りてこいや」

万造は慣れた足取りで梯子を下りる。留次は腹掛けを片手で叩《たた》いた。

「ここに、今日稼《かせ》えだ手間賃《てまちん》があらあ。これを元手に博打《ばくち》で増やしてよ、吉原《なか》へと繰り出そうじゃねえか」

「さすが、兄貴だ。佐貫《さぬき》様の中間《ちゅうげん》部屋ですかい」

「おうよ。今夜は女郎《じょろう》を寝かせねえぜ」

もっとも、博打で勝って吉原《よしわら》に繰り出せることなど滅多《めった》になかったのだが。そんな暮らしの万造だから、朝は寝坊し、仕事には身が入らない。それなのに店から暇を出されないのは、万造はいざというとき、不思議と役立つ男だからだ。商《あきな》いをしていると、いざこざに巻き込まれることもある。タチの悪い客に因縁《いんねん》

をつけられることもある。そんなときは万造の出番だ。思いもよらぬ手立てで話をまとめてしまうのだ。まさに万造は石川屋にとって〝痛し痒《かゆ》し〟な男だった。

万造が本所亀沢町《ほんじょかめざわちょう》にあるおけら長屋の大家《おおや》、徳兵衛《とくべえ》を訪ねると、そこには先客がいた。

「あなたが石川屋さんの奉公人、万造さんですか」

大家の徳兵衛は値踏みするような目で万造を見た。

「そうですが……」

徳兵衛は書面を広げると、目線を落とした。

「石川屋の金兵衛《きんべえ》さんから、手紙が届いてますよ。えー、なになに……」

徳兵衛はわざとらしく、目を凝《こ》らした。

「万造が店賃《たなちん》を溜《た》めても、石川屋には関わりはない。よって、石川屋に催促しても無駄……。なるほど。同じく、騒ぎを起こしても、石川屋には関わりはない……。なるほど。万造さんとやら、あなた、お店からまったく信用されていないようですな」

「あの野郎《やろう》、ろくなことを書きやがらねえ」

先客の男が笑った。

「わははは。笑えるじゃねえか」

徳兵衛は別の書面を取り出した。

「松吉《まつきち》さんでしたね。吉高屋《よしたかや》の旦那《だんな》さんから手紙が届いてますよ」

徳兵衛は手紙を開いた。

「えー、なになに……。松吉に関して、吉原から付馬《うま》や、借金取りなどが来ても、吉高屋ではなく、おけら長屋で対応してくださるよう、お願い申し上げます……。松吉さん。あなたも同じようなものらしいですな」

「あの野郎、ふざけたことを書きやがって」

万造は笑う。

「わははは。笑えるじゃねえか。ところで、大家さん。こちらは……」

徳兵衛はゆっくりと手紙を畳《たた》んだ。

「菊川町《きくかわちょう》二丁目にある酒問屋、吉高屋さんの奉公人で松吉さん。あなたと同じで、今度この長屋に越してくることになった人です」

万造と松吉はお互いに目を合わせると、ニヤリと笑った。徳兵衛は二人の顔を交互に見る。

「月の終わりに、翌月の店賃を持ってくること。よいですな」

万造と松吉は大きくのけ反《ぞ》る。

「こ、こんな汚《きたね》え長屋で店賃を取るんですかい」

「住んだら、金をくれるって聞いてきたんだけどよ」

徳兵衛は手にしていた手紙を叩きつけるように置いた。

「そんな長屋がどこにある」

万造は松吉に――。

「どうやら、洒落《しゃれ》は通じねえらしいな」

「ああ。こりゃ、苦労しそうだぜ」

徳兵衛は吐《は》き捨てるように――。

「苦労するのはこっちだ」

徳兵衛はぼそぼそと呟《つぶや》く。

「ああ言えばこう言う。二十歳《はたち》かそこらのくせに、可愛げのない……」

万造と松吉が、不満げに鼻を鳴らす。

徳兵衛は咳払《せきばら》いをして——。

「それじゃ、二人とも。五日後に越してくるってことでよいですな。家は空《あ》いてるから、その前に荷物を運び込んでもかまわんから」

万造は笑う。

「薄っぺれえ布団《ふとん》と行灯《あんどん》しかねえからなあ」

松吉は頷《うなず》く。

「それに、徳利《とくり》と縁《ふち》の欠けた湯飲《ゆの》み茶碗《ちゃわん》だけだ。わははは。それじゃ、大家さん。よろしく頼みますぜ」

万造と松吉は表に出た。陽《ひ》は傾きかけているが、まだ明るい。

「松吉さんよ。ちょいと一杯《いっぺえ》引っかけていこうじゃねえか」

「いいねえ。だが、懐具合《ふところぐええ》が寂《さび》しい」

「それは、おれも同じでえ。よし。もう一度、大家のところに戻るぜ」

万造が徳兵衛の家に入り、松吉もそれに続く。

徳兵衛は怪訝《けげん》そうな表情《かお》をする。

「忘れ物でもしたのですかな」

万造は両手を着物のあちこちにあてる。

「紙入れが……。確かにここに来たときにはあったんだけどなあ……」

万造は土間《どま》から座敷《ざしき》に飛び乗ると、座っていた座布団《ざぶとん》を引っ繰り返す。

「ねえなあ……」

松吉も座敷に飛び乗ると、徳兵衛の懐を着物の上から触《さわ》る。

「な、何をするんだ」

徳兵衛は松吉の手を払い除《の》ける。

「このあたりに、万造さんの落とした紙入れが入《へえ》ってねえかと思いやしてね」

「私が紙入れをネコババしたとでもいうのか」

「知らねえうちに入ってるってこともあるでしょう」

「そんなことが、あるわけないだろう」

万造は徳兵衛に手を合わせる。

「そんなわけで、二朱《しゅ》ほど貸してもらいてえ」

「そんなわけとは、どこからつながってる話だ」

「大家さん。細《こま》けえことを言っちゃいけませんや」

「そうですぜ。大家といえば親も同然、店子《たなこ》といえば子も同然。店子が困ってるんですから、貸してやったらどうです。ネコババの件は黙ってやすから」

「だから、ネコババなどしておらん」

声を荒らげる徳兵衛の懐から、松吉はいつの間にか紙入れを取り出して広げている。

「それじゃ、お借りしますぜ」

松吉は金を握ると、紙入れを徳兵衛の懐に戻した。

「五日後には必ず返《けえ》すように私からもよく言いきかせておきますから。よかったな。万造さん。話のわかる大家さんでよ」

「まったくでえ。では、失礼いたします」

徳兵衛に返事をする間も与えない絶妙なやりとりだ。

表に出た松吉は握っていた手を開く。

「二朱のつもりだったが、四朱も入《へえ》ってらあ」

万造はその金を眺《なが》める。

「どうやらおめえさんとおれは〝阿吽《あうん》の呼吸《いき》〟らしいな。これからは、松ちゃんって呼んでもいいかい」

「あたぼうよ。それならおれは、万ちゃんでえ」

「松ちゃんよ。これだけありゃ、だいぶ呑《の》めるが、それだけじゃつまらねえ。この金を増やしてよ、吉原《なか》に繰り出そうじゃねえか」

「万ちゃんよ。おれも同じことを考《かんげ》えてたところでえ。恐ろしいほど気が合うねえ。さっき会ったばかりとは思えねえや。近くに馴染《なじ》みの鉄火場はあるのかい」

「おおよ。佐貫様の中間部屋でえ。賭場《とば》の兄貴衆にはちょいと顔が利くんだ。そこいらで安酒をあおってから乗り込もうじゃねえか」

屋敷《やしき》の裏木戸《うらきど》を三回叩くと、中から二回叩き返してくる。そしてまた一回叩く。しばらくすると、木戸が少し開いた。

「なんでえ。万造じゃねえか。金は持ってるんだろうな。十文《もん》、二十文って、うちの賭場は二八蕎麦屋《にはちそばや》じゃねえんだからよ」

「わははは。うめえことを言うねえ。金はちゃんと持ってまさあ」

賭場に入った万造と松吉は有り金すべてを駒に替える。

「ごめんなさいよ」

手刀《てがたな》を切って盆の席に入ろうする万造の半纏《はんてん》を、松吉が引っ張った。

「ちょいと待ちねえ。しばらく様子を見ようじゃねえか。だれがツイてるか見定めてからだ。おれはそう教わったぜ」

「よし。松ちゃんに乗ってみようじゃねえか」

しばらく賭場の成り行きを見ていると、二人の男が目に入る。二人とも職人のようだが賽《さい》の目《め》からは見放されているようだ。

「八五郎《はちごろう》よ。今日は引き上げた方がいいんじゃねえのか」

「うるせえ。その弱気がツキから見放されるんでえ。佐平《さへい》。帰《けえ》りてえなら、てめえ一人で帰れ」

八五郎という男は懐から出した小判二枚を握り締《し》めると、駒に替えに行く。

「いいのかよ。そりゃ、仕入れのために棟梁《とうりよう》から預かった金じゃねえのか」

「黙ってろ。ここで引いたら男がすたらあ」

松吉は万造の耳元で囁《ささや》く。

「どこにでもいるんだねえ。ああいう馬鹿《ばか》がよ」

「ああ。間抜けな面《つら》をしてるもんなあ。かわいそうになあ……」

「よし。あの馬鹿野郎の逆に張ってみようじゃねえか」

万造と松吉は、八五郎が半《はん》と張れば丁《ちょう》、丁と張れば半に張る。賽の目は八五郎の逆に転び続けた。二両分の駒をすべて失った八五郎は帳場にいる胴元《どうもと》に泣きつく。

「この半纏で駒を回してくれ。頼む」

胴元は苦笑《にがわら》いを浮かべる。

「客人。今日はやめといた方がいいんじゃねえんですかい」

八五郎は半纏を脱《ぬ》いで差し出した。

「これで頼む」

「こんな汚《きたね》え半纏じゃ、駒一枚《いちめえ》だって回せませんや」

「ふざけるねえ。本所界隈《かいわい》の普請場《ふしんば》じゃ、この半纏を知らねえ者はいねえんだ」

八五郎は立ち上がって腹掛け、股引《ももひき》まで脱ぎ出した。

「きゃ、客人。何をするんですかい」

褌《ふんどし》一丁になった八五郎は腹掛けと股引を丸めて差し出す。

「それならこれもつけるからよ。頼む」

松吉は涙ぐむ。

「かわいそうになあ。あんな馬鹿にも女房《にょうぼう》、子供がいるんだろうなあ」

「ああ。褌一丁で帰《けえ》ることになるのは、だれの目から見ても明らかなのによ。夜風が堪《こた》えるぜ」

「褌まで脱がねえことを祈るばかりだぜ」

胴元は渋々《しぶしぶ》、駒を二枚差し出した。

「これが最後ですぜ。この駒もなくしたら、金は明日にでも持ってきてくだせえよ。それまでこの半纏と腹掛けと股引は預かっておきやすから」

盆の席に戻った八五郎は目を閉じる。

「半方ないか、丁方ないか。丁方ないか」

八五郎は駒を叩きつけるように置く。

「丁だ。ヘックション」

万造は半に張る。

「丁半揃いました。……。グニの半」

八五郎はしばらくそのまま動かなかった。

万造と松吉の前を、身を縮《ちぢ》めて歩いているのは八五郎だ。万造が八五郎に声をかける。

「ちょいと、おめえさん。待ってくれや」

褌一丁の八五郎は内股《うちまた》で膝《ひざ》をまげ、自分の身体《からだ》を抱き締めるようにして振り向く。万造は半纏で包んだ腹掛けと股引を差し出した。

「質草《しちぐさ》を引き出してきてやったぜ」

「へ、へ、ヘックション。だ、だれでえ、てめえたちは」

松吉は軽く頭を下げる。

「おめえさんに世話になった者《もん》でさあ。わははは」

「何がおかしいんでえ。てめえたちなんぞに会ったことはねえが……、へ、へ、ヘックショイ」

「世話になったって言ってるんだから、それでいいんじゃねえですかい」

佐平が口を挟《はさ》む。

「八五郎よ。とりあえず、もらっておいた方がいいんじゃねえのか」

八五郎は万造が差し出した半纏を突っ返す。

「どこのだれかもわからねえ野郎から受け取ることたあできねえ」

「意地を張ってる場合じゃねえだろう。そんな姿で帰《けえ》ったら、お里《さと》さんから小言《こごと》を食うだけじゃ済まねえぜ」

「お里か……」

八五郎は唸《うな》った。

「それじゃあ、今度だけは、てめえたちの顔を立ててやることにしようじゃねえか」

八五郎は万造の手から半纏を奪うように取った。万造と松吉は大笑いする。

「わははは。今度だけはって、二度と会うことはねえだろうよ」

「八五郎さんとかいったな。あんたのおかげで吉原《なか》に繰り出せるぜ。ありがとうよ」

万造と松吉は軽い足取りで、夜の帳《とばり》の中に消えていった。

二

五日後――。

万造と松吉は、おけら長屋に引っ越してきた。

「大家さん。今日からお世話になりやす。これは先日、お借りしました二朱です」

万造は徳兵衛の前に二朱を置いた。

「私の紙入れからなくなっていたのは四朱だが……」

松吉は舌打ちをする。

「ちっ。知っていやがったか。仕方ねえ」

松吉は懐から二朱を取り出すと徳兵衛の前に置いた。徳兵衛はそれを素早く握ると、紙入れではなく袖《そで》の中にしまった。

「それではまず、来月分の店賃をいただきましょうか」

万造と松吉は顔を見合わせる。

「借りた金は返《けえ》したんだから、店賃は今度でいいでしょう。なあ、松ちゃん」

「そうでえ。借りた金は返せ、店賃は払えって、そりゃ、因業《いんごう》ってもんですぜ」

徳兵衛は呆《あき》れかえる。

「何が因業だ。どっちも当たり前のことじゃないか」

万造は笑う。

「松ちゃん。やっぱり洒落は通じねえようだな」

「四朱を貸した利息《りそく》は五文だが、三文にまけといてやる……、くれえのことが言えれば乙《おつ》なもんだけどよ」

徳兵衛は帳面を取り出した。

「さあ、来月分の店賃を払っていただきましょうか」

万造は懐から紙入れを取り出すと、広げて床《ゆか》に銭《ぜに》を落とす。

「ご覧の通り、六文しかねえ。これを内入れってことにしちゃもらえねえか」

松吉は驚く。

「すげえなあ。六文も持ってやがるのか」

松吉は袂《たもと》に手を入れて、銭を床に撒《ま》く。

「おれは四文しかねえ」

徳兵衛は帳面を畳んだ。

「お前さんたちは、越してきた日から店賃を溜めようというのか」

「五日前《めえ》なら一両《りよう》近くあったんですがねえ。吉原《なか》で散財しちまいまして」

「女郎買いなどする前に、店賃を払うべきだろう」

「そういうことは、女郎買いをする前に言ってもらいてえなあ。おれたちは、二十歳かそこらの世間《せけん》知らずなんですから。なあ、松ちゃん」

「ああ。そりゃ、大家さんがいけねえ。二十歳かそこらの若造には、ちゃんと教えてやらなきゃなあ」

徳兵衛は、ひとまず店賃のことは諦《あきら》めたようだ。

「長屋の住人というのは身内のようなものだ。引っ越しの挨拶《あいさつ》をしといた方がよいだろう」

万造と松吉は渋々頷く。

「まずは、どこから挨拶に行けばいいんですかい」

松吉が続ける。

「だから、敵に回すと、しち面倒臭え奴《めんどくせやつ》ですよ。どこの長屋にも一軒くれえは、そんな厄介《やっけえ》な家があるでしょう」

徳兵衛は頷く。

「よくわかってるじゃないか。まずは、左官《さかん》の八五郎さんのところだな。おかみさんのお里さんが、面倒くさ……、いや、厄介《やっかい》……、いや、まあ、その、何だ、ここを出て左から三軒目の家だ。挨拶をしておいた方がよいだろう。八五郎さんは今日、仕事が休みとかで家にいるようだしな」

万造と松吉は立ち上がると、徳兵衛の家から出ていった。

二人は八五郎の家の引き戸を一寸《すん》（約三センチメートル）ほど開ける。

「御免《ごめん》くだせえ。この度《たび》、この長屋に越してきた者ですが……」

「ご挨拶にお伺《うかが》いしやした」

前掛けで手を拭《ふ》きながら、女が出てきた。

「まあまあ。それはご丁寧《ていねい》に……。手土産《てみやげ》まで用意してくれたのかい」

「手土産はありませんがね……。この長屋に越してきたら、何をおいても、まずこちらに挨拶に来なきゃならねえって聞いたもんですから」

その女は乱暴に万造の胸を叩いた。

「まあ。そうなのかい。そりゃ、まあ、この長屋じゃ、うちが大将みたいなもんだからねえ。あははは」

万造は松吉の耳元で囁く。

「確かに面倒臭そうだぜ」

「ああ。厄介な臭いがぷんぷんすらあ」

その女は万造と松吉の後ろに回って、背中を押す。

「ちょいと上がっていきなさいよ。うちの亭主《ひと》もいるからさあ。お前さーん。引っ越してきた人がね、まず、うちに挨拶するのが筋《すじ》だって〜。手土産は今度、持ってくるって〜」

万造は松吉の耳元で囁く。

「でけえ声を出しやがって、こんな狭《せめ》え家なのによ」

「ああ。亭主《ていしゅ》はすぐそこに座ってるじゃねえか」

万造と松吉は八五郎の前で正座《せいざ》をする。

「この長屋に越してきた万造と申しやす」

「松吉と申しやす」

二人は同時に頭を下げた。

「よろしくお願《ねげ》えいたします」

八五郎は目線を落とし、目一杯に恰好《かっこう》をつけている。

「左官の八五郎だ。この長屋に越してきたからには、守ってもらわなきゃならねえことがたくさんある。まず、おけら長屋の住人は気品がなきゃならねえ」

「おっしゃる通りで」

「特に気をつけなきゃならねえのが身だしなみよ」

「勉強になります」

「ただでさえ貧乏長屋って馬鹿にされてんだ。おめえさんたちは、どんな身だしなみを……」

八五郎はゆっくりと目線を上げる。そして三人の目が合う。

「……。あっ。あ、あああああ」

「て、て、てめえたちは……」

万造と松吉は膝を崩す。

「き、気品だと～。ふざけるのもいいかげんにしろい」

「身だしなみが褌一丁だってえのかよ。笑わせるんじゃねえや」

お里が笑いながらやってきた。

「何だい。あんたたちは知り合いだったのかい」

万造も笑う。

「い、知り合いじゃねえが、汚《きたね》え尻は見たことがあらあ」

「まあ。湯屋で知り合ったのかい」

松吉は首を捻《ひね》る。

「湯屋ねえ……。そういやあ、ずいぶんと熱くなってたからなあ」

「そうなんだよ。あそこの湯屋は湯が熱いからねえ」

万造は腕を組んで、八五郎を睨《にら》む。

「これも何かの縁だ。こっちから引っ越しの挨拶に来て、頭を下げたんでえ。そっちからも礼くれえは言ってもらおうじゃねえか」

八五郎の目つきは鋭くなる。

「何の礼でえ」

万造は壁に掛かっている半纏を指差した。

「あれは何でえ。だれのおかげで、あの半纏があそこにあると思ってるんでえ」

「半纏を引き出してくれなんぞと頼んだ覚えはねえがな」

松吉も黙ってない。

「見ず知らずのおれたちに世話になっておいて、その言い草はねえだろう。褌一丁でベソかいて震《ふる》えてたくせによ」

「だれがベソをかいたってんでえ」

驚いたのは、お里だ。

「なんで、いきなり喧嘩《けんか》が始まるのさ」

「そんなこたあ、あんたの亭主に聞いてみろい」

「あんたの亭主はなあ……」

「わーわーわーわー」

八五郎は大声を出す。

「お前さん。どうしたのさ。気は確かかい」

引き戸が勢いよく開いた。

「八五郎はいるかい」

「と、棟梁……」

八五郎はその男の姿を見て逃げようとするが、四畳半に逃げ場などはない。

「八五郎よ。おめえが休んでるって聞いたもんだからよ。普請場じゃ材が届かねえって大騒ぎしてるが、どうなってるんでえ」

「そ、それは、その……」

「仕入れの金は、おめえに渡してあっただろう」

万造はここぞとばかりに笑う。

「わははは。棟梁。その金は博打で、きれいさっぱり消えちまいましたぜ」

「な、なんだと～」

お里はのけ反る。

「お、お前さん。この人の言ってることは本当なのかい」

松吉も笑う。

「本当も何も、おれたちも鉄火場にいたんだからよ。なあ、八五郎さんよ。わははは」

八五郎は棟梁に両手をつく。

「すまねえ、棟梁。つい、熱くなって、預かった金に手をつけちまって……」

「馬鹿野郎。おめえのせいで普請場の仕事が止まっちまったんだぞ」

お里は八五郎につかみかかる。

「お前さん。何てことをしてくれたんだよ〜」

万造はお里をなだめる。

「ですがね、おかみさん。悪いことばかりじゃねえんで。褌一丁じゃ、あんまりかわいそうだから、あっしたちが、半纏と腹掛けと股引は引き出してやったんですから」

松吉も割って入る。

「そうですぜ。それで風邪《かぜ》を引かずに済んだんだぜ。もっとも、馬鹿は風邪を引かねえっていうけどよ」

八五郎はお里を払い除けると、万造と松吉に殴《なぐ》りかかる。

「ふざけるねえ。余計なことを喋《しゃべ》りやがって」

万造と松吉も黙ってない。

「い、痛《いて》え。てめえのやったことを棚に上げやがって」

「どっちみち、いずれは知れることでえ。こうなりゃ、返り討ちでえ」

三人は取っ組み合った。棟梁が割って入る。

「やめろ、やめろ。おめえたち、やめねえか。て、てめえ。おれをだれだと思っていやがる。許さねえ。い、痛え。や、やりやがったな、この野郎……」

取っ組み合いは四人になった。


その夜、万造と松吉は、松吉の家で酒を呑んだ。松吉は酒問屋の奉公人なので、店からくすねてきた酒がある。松吉は万造に酒を注《つ》ぐ。

「しかし、引っ越してきた日から、ひでえ目に遭《あ》ったもんだぜ。それにしても八五郎さんの腕っぷしの強さには驚いたぜ」

万造は腫《は》れた右目をおさえながら、酒を受けた。

「まったくでえ。二人がかりでも手に負えねえや。だがよ、面白《おもしれ》え人じゃねえか。棟梁から預かった金を博打ですっちまうなんざ、なかなかできる芸当じゃねえ。笑えるぜ」

　万造も酒を注ぎ返す。

「ああ。まだ他にも面白そうな野郎が住んでるかもしれねえな」

「お里さんていうおかみさんも、厄介《やっけえ》だが悪い人じゃなさそうだしな」

「違《ちげ》えねえ、わははは」

　引き戸が開いた。

「邪魔するぜ」

　入ってきたのは八五郎だ。その後ろには佐平も立っている。万造と松吉は身構える。

「な、何でえ。まだやろうってえのかよ」

「執念深《しゅうねんぶけ》え野郎だぜ。ここじゃ物が壊れらあ。表に出ろい」

　八五郎は右手にぶら下げている五合《ごんごう》徳利を少し持ち上げた。

「そうじゃねえ。これは引っ越し祝いでえ。手打ちも兼ねてよ、一杯《いっぺえ》やろうじゃねえか」

　万造と松吉は顔を見合わせる。八五郎は勝手に上がり込んでくる。

「江戸《えど》っ子は五月《さつき》の鯉《こい》の吹き流し、口先ばかりで腸《はらわた》はなしっていうじゃねえか。口は悪いが、腹の中はさっぱりしてるってこった。おれはもう何とも思っちゃいねえよ。佐平。おめえも上がれや」

松吉は笑った。

「上がれやって、てめえの家みてえに言いやがる。そういうことなら呑もうじゃねえか。なあ、万ちゃん」

「おう。望むところよ」

四人は酒がなみなみと入った湯飲み茶碗を合わせた。八五郎はその酒を一気に呑みほす。

「ようよう。八五郎さん、見事な呑みっぷりじゃねえですかい」

「当たり前《めえ》よ。そ、そうだ。鉄火場でも会ったと思うが、これはたが屋の佐平だ。こっちは……、確か、万造に松吉だったなあ」

万造と松吉は佐平に挨拶をする。佐平は三人の顔を見回した。

「それにしても派手にやりやがったなあ。みんな、顔が傷だらけじゃねえか。だが、大《てえ》したもんだ。この界隈で八五郎とやり合える奴なんざ、そうそういるもんじゃねえ」

万造は八五郎と佐平に酒を注ぐ。

「冗談じゃねえ。やりたくてやったんじゃねえや」

「まったくだぜ。口の中が切れて酒が沁《し》みらあ。おお、痛《いて》え」

八五郎は佐平に――。

「な、面白《おもしれ》え奴らだろう。これで、この長屋も少しは活気づくってもんでえ」

八五郎は万造と松吉に酒を注ぎ返す。二人とも沁みないように、その酒を呑んだ。

「じつは、こっちも八五郎さんの話をしていたところでさあ。なあ、松ちゃん」

「ああ。預かった二両を博打ですっちまうなんざ、いい大人ができる芸当じゃねえってよ。おれたちも八五郎さんみてえな度胸のある大人になりてえもんだ。世間広しといえども、そんな男はなかなかいるもんじゃねえ」

八五郎は、まんざらでもない表情《かお》をする。

「わははは。そんなに、褒《ほ》められることじゃねえだろう」

万造と松吉は同時に酒を噴き出す。

「べつに褒めちゃいませんがね」

「それで、仕入れに使う二両はどうなったんですかい」

八五郎は酒をあおる。

「棟梁がなんとかしてくれるそうでえ。棟梁も若えころは何度かやっちまったことがあるらしい。だれにでもある、若気《わかげ》のイタチってやつよ」

万造と松吉は同時にずっこける。

「それを言うなら、若気の〝至り〟じゃねえんですかい」

「そもそも、八五郎さんは若くねえと思いやすけどねえ。そりゃそうと、八五郎さん。大家の家の隣に髪結《かみゆい》の大年増《おおどしま》が住んでるみてえですね」

松吉は小指を立てた。

「器量《きりょう》はよくねえが、変に色っぺえ。どこかの旦那の〝レコ〟と見たんですが……」

「おい、おめえ。女の色気を語るなんざ、百年早《はえ》えぞ」

酒を噴き出した八五郎の背中を、佐平が叩く。

「八五郎、おめえも百年たったって無理だ。偉そうに言わねえほうがいいぜ」

「うるせえ。お蝶《ちょう》さんって女《ひと》はなあ」

「お蝶さんっていうんですかい」

八五郎は苦々《にがにが》しい表情《かお》をした。万造は八五郎と佐平に酒を注ぐ。

「何か曰《いわ》く付きの女なんですかい。満月の夜に首が伸びるとか……」

佐平は親指を立てた。

「これがついてるんでえ。ちょいと厄介《やっけえ》な男でよ」

「やくざ者《もん》ですかい」

八五郎は気乗りのしない表情になった。

「そうじゃねえ。小一郎《こいちろう》っていう優男《やさおとこ》の遊び人よ。一年くれえ前《めえ》に、お蝶さんの家に転がり込んできたんでえ」

佐平が続ける。

「お蝶さんは腕のいい髪結でよ。小一郎はお蝶さんの稼ぎをアテにして、毎日遊んでいやがる」

「女の稼ぎで暮らしてるってことですかい」

「働かなくていいなんて、乙じゃねえか」

八五郎は、吐き出すように――。

「馬鹿野郎。わかったような口利くんじゃねえ。何が乙だ。いい歳《とし》をした男が女に食わせてもらってるなんざ……」

「いいんじゃねえですか。楽しく暮らせるなら」

万造の言葉に、松吉も頷く。

「そりゃそうだ。おれも働かなくていいなら働きたくねえ。それで毎日遊んで暮らせるなら、なおのことでえ」

佐平は、苦虫《にがむし》を嚙《か》み潰《つぶ》したような表情をする。

「だが、あいつのやってることはな……。気に入らねえ」

八五郎と佐平は一気に酒をあおった。

三

お蝶は慌《あわ》ただしく出かける支度《したく》をしている。

「今日は三つも仕事が入ってねえ。帰りが遅くなるかもしれないから……」

お蝶は小一郎の前に一朱金を置いた。小一郎は手酌《てじゃく》で酒を呑みながら、その金を横目で見る。

「今夜はこれで、鰻《うなぎ》でも食べておくれよ」

「ああ。いつもすまねえなあ」

「気にしなくていいんだよ」

小一郎は金を袂にしまい込んだ。

「そのうち、おれも仕事を見つけるからよ。そんなことより早く行きなよ。御贔《ごひ》屓《き》さんをしくじっちまうぜ」

「それじゃ、行ってくるからね」

お蝶は小一郎のことを信じているわけではない。

お蝶は、男に流されやすい女だった。四年前に病《やまい》で亡くなった亭主もお蝶の稼ぎをアテにして博打に明け暮れた。亭主に文句を言うこともあったが、優しい言葉をかけられて肩を抱かれると、肌を許してしまう。亭主に先立たれた後、お蝶を寂しさが襲《おそ》った。

自分は男が側《そば》にいなければ生きていけない女なのだと知った。だが、さして器量もよくなく、三十路《みそじ》も半《なか》ばになったお蝶に言い寄ってくる男など、そうそういるものではない。一年近く前、ひょんなことから小一郎と知り合い、深い仲になった。そして、小一郎はお蝶の家で暮らすようになった。

小一郎は九つも年下だ。稼ぎが目当てでなければ、一緒に暮らそうなどと言い出すわけがない。酔《よ》って帰ってきた小一郎の首筋から白粉《おしろい》の匂いがすることもあったが、それはほんの遊びに違いない。お蝶はそう思うことにした。側で男の温《ぬく》もりを感じることができればそれでいい。

同じ長屋に住む、お里や、お咲からは何度も言われた。

「こんなことは言いたかないけど……。お蝶さん。あんた、騙《だま》されてるんじゃないのかい。あの男は、まともに働いてないんだろう」

「そうだよ、お蝶さん。小一郎さんのいい噂《うわさ》は聞かないよ。お節介《せっかい》は百も承知だけどさ」

お里やお咲が心配するのはもっともだ。でも、自分だって小一郎のことを心から信じちゃいないのだから、騙されたことにはならない。騙されているとしても、自分は小一郎と暮らすことを選んだのだ。

お蝶が家を出ていってからも、酒をチビチビやっていた小一郎だが、着物を着替えると、お蝶が使っている鏡を開き、眉《まゆ》に唾《つば》をつける。

「今日は、両国広小路《りょうごくひろこうじ》にある小料理屋にでも行ってみるか。あそこの後家《ごけ》がおれに色目を使ってやがる。ちょいと遊んでやりゃ、小遣《こづけ》え稼ぎになるかもしれねえ」

小一郎は家を出て歩き出す。両国橋の近くまで来ると――。

「小一郎さんですかい」

その声に振り向くと、二人の若い男が立っている。

「誰だい。おめえさんたちは」

二人の男は、両手両足を真《ま》っ直《す》ぐに伸ばして大仰《おおぎょう》な立ち方をしている。

「おけら長屋に越してきた万造です」

「同じく、松吉です」

小一郎は面倒臭そうな表情《かお》をする。

「そりゃ、ご丁寧なこって。よろしくな。それじゃ……」

小一郎は二人に背を向ける。

「ちょいと、お待ちを」

「お待ちになってくだせえ」

歩きかけた小一郎は、再び振り返る。

「おれに用でもあるのかい。急いでるんだけどよ」

万造と松吉は、小一郎に近づき、両脇から挟むようにする。

「あっしたちの話を聞いてほしいんで……」

「そこの居酒屋で、ほんの四半刻《しはんとき》（三十分）で結構ですから」

万造と松吉は、小一郎を挟むようにして居酒屋に向かっていく。

「急いでると言ってるじゃねえか」

気がつくと、三人は居酒屋の暖簾《のれん》を潜《くぐ》っている。さらに気がつくと、三人は小上がりの座敷《ざしき》に上がっている。

「どうぞ、こちらに座ってくだせえ」

「さあ、どうぞ、どうぞ。姐《ねえ》さん、酒を二本くれや」

万造と松吉は、肩を押すようにして小一郎を座らせる。

「それで、おれにどんな用があるんでえ」

万造と松吉は、小一郎の前で正座をする。

「あっしたちを弟子《でし》にしてほしいんで……」

「弟子だと？　おれは職人でもなけりゃ、芸人でもねえよ。一体何《いってえ》の弟子になるつもりなんでえ」

万造と松吉は、お互いに肘《ひじ》で突《つつ》き合う。

「その……。つまりですね……。ま、松ちゃんが言えよ」

「そのですね……。つまり、聞くところによれば、小一郎さんは、働きもしねえで、稼ぎのある女に食わしてもらってるって……。羨《うらや》ましい身分じゃねえですか」

「あっしたちも、そんな暮らしがしてえんで……。松ちゃんとも話したんですが、どうすりゃ、そんな暮らしができるんだろうって」

「いろいろコツがあると思うんでさあ。まずは、どうやって、そんな女を見つけるのか」

「見つけたら、どうやって近づいて、口説《くど》くのか」

「やっぱり、薹《とう》が立った年増が落としやすいんですかい」

二人の話を黙って聞いていた小一郎だが――。

「おめえたち、おれに喧嘩を売ってるのかい。それとも冷やかしかい」

万造と松吉はたじろぐ。

「と、とんでもねえ。あっしたちは本気で訊《き》いてるんで」

「そうですぜ。師匠《ししょう》！」

松吉は運ばれてきた酒を注ごうとするが、小一郎はその徳利を払い除ける。

「だれが師匠だ。おめえたちから〝師匠〟なんぞと呼ばれる筋合《すじあ》いはねえ」

そんな言葉に動じる万造と松吉ではない。

「いい台詞《せりふ》だねえ。こりゃ、立ってた女も寝転んじまうぜ」

「それに、その流し目が堪《たま》らねえ。寝転んだ女が、また立ち上がるってもんでえ」

小一郎は溜息《ためいき》をついた。

「おめえたち。歳はいくつでえ」

「二十一です」

「あっしも二十一です」

小一郎は手酌で酒を呑んだ。

「まだ半分ガキじゃねえか。女に食わしてもらおうなんざ十年早《はえ》えや」

万造が小一郎に酒を注ぐ。

「小一郎さんは、いくつなんですか」

「二十六だ」

「それじゃ、十年早えってえのはおかしかねえですかい」

「そういう言い回しがあるだろうよ。いちいち細けえところに食いつくんじゃねえよ。とにかく、おめえたちなんぞに関わっている暇はねえ。それじゃな……」

小一郎は立ち上がろうとする。

万造は膝立ちになる。

「師匠。待ってくだせえ」

小一郎は顔をしかめる。

「女をたぶらかすなんて芸当は、おめえたちにはまだ早え。味噌汁《みそしる》で顔を洗って出直してきな」

松吉はすがるようにして――。

「そうじゃねえんです」

「なんでえ」

「ここの払いができねえんで。ゴチになってもいいでしょうか」

小一郎は、そのまま前に崩れ落ちた。


お蝶の家を訪ねてきたのは蔵前《くらまえ》にある塩問屋、福田屋《ふくだや》の娘、お久留《くる》だ。お久留はお蝶の顔を見ると目を丸くした。

「こ、小一郎さんのお姉さんっていうのは、お蝶さんだったんですか」

胸騒ぎがした。これから、よくない話が始まろうとしている。お蝶にはそう思えた。お蝶は何と答えればよいのかわからない。お久留は胸に手をあてた。

「びっくりした〜。でも、これは神社にお参りしたおかげかもしれないわ」

福田屋のお内儀《ないぎ》は、お蝶を贔屓にしてくれている。十八になる娘、お久留の髪もお蝶が結っているのだ。

「あの、小一郎がどうかしたんですか」

お久留の頰《ほお》が少し赤くなった。

「私、小一郎さんから、所帯《しょたい》を持とうって言われてるんです」

お蝶は、お久留の口から出た言葉に取り乱《みだ》すことはなかった。

「今日はお姉さんにお目にかかってご挨拶がしたいと思って、おじゃまいたしました。あ、お姉さんって呼んでもいいですか。気が早いかな……」

お蝶はどう答えればよいのかわからない。

「と、とりあえず、上がってください」

二人は向かい合って座った。

「小一郎さんからは、本所でお姉さんと一緒に暮らしていると聞いています。小さいころに両親《ふたおや》が亡くなって、歳の離れたお姉さんに育ててもらったようなものだと言ってました。お姉さんは、小一郎さんと私が所帯を持つことを喜んでくれているそうですね。ありがとうございます」

お久留は深々と頭を下げた。

「お久留さん。どうして、この長屋がわかったのですか」

この娘を騙している小一郎が、おけら長屋を教えるわけがない。

「たまたま聞いたんです。小一郎が、おけら長屋に住んでいるって。小一郎さんが知り合いと話しているところを。本所亀沢町のおけら長屋に住んでいるって。私は、お姉さんにご挨拶をしたいって、お願いしていたのですが、それは祝言《しゅうげん》の日どりが決まってからでいいって。でも、一度ご挨拶をするのが筋だと思いまして……」

「そうですか……」

お久留はいきなり両手をついた。

「お姉さん。お願いがあるんです。おとっつぁんも、おっかさんも、小一郎さんと一緒になることに反対してるんです。昨夜《ゆうべ》もそのことで、おとっつぁんと大喧嘩になってしまって……」

当たり前の話だ。お店《たな》の娘が、あんな遊び人と所帯を持つなど許されることではない。

「お姉さんから、おっかさんに話してくれませんか。小一郎さんは近いうちに、神田《かんだ》にあるお店で働くことになっているそうです。お姉さんだって、そのことは知ってますよね」

もちろん、真《ま》っ赤《か》な嘘《うそ》だ。

「おっかさんも、お姉さんの話なら聞いてくれると思うんです。お姉さんの……、お蝶さんの弟だって知れば、許してもらえるかもしれない。そうすれば、おとっつぁんだって……」

お久留は、お蝶ににじり寄って、お蝶の手を握った。

「お姉さん。お願い。ねっ、私の味方になって。お姉さん……」

お蝶はどうすればよいのかわからなかった。何も言わなければ自分が傷つき、何かを言えば、この十八の娘が傷つく。いや、そうではない。どっちに転んでも傷つくのは二人の女だ。

「お久留さん、ごめんなさい。じつは私、昨日《きのう》から具合が悪くてね。横になろうかと思っていたところなんです」

お久留は驚いたようだ。

「顔色が悪いと思っていたんです。気がつかなくてごめんなさい。お布団を敷《し》きましょうか」

お蝶はこめかみをおさえた。

「いえ。それくらいは自分でできますから。せっかく来ていただいたのに申し訳ありませんね。今日のところは……」

お久留は恐縮して帰っていったが、お蝶はそのまま、その場に座っていた。商売女ならいざ知らず、あんな世間知らずな娘に手を出して騙すなんて。まして、私を贔屓にしてくれているお店の娘に……。私を何だと思っているのだ。小一郎が憎い。殺してやりたいほど憎い。

お蝶は自分がわからなくなってきた。自分は心から小一郎に惚《ほ》れているのだろうか。そんなことはない。独りが寂しいだけだ。ただ、それが本心だと言い切れるだけの自信がない。頭ではわかっていても、心と身体が小一郎を求めているとも思えるからだ。

お久留に本当のことを言うべきだったのだろうか。自分にはまだ女としての意地が残っている。惨《みじ》めな思いはしたくない。お久留に本当のことを話すのと、姉として嘘をつき通すのでは、どちらが惨めなのだろう。

小一郎が帰ってきたら、このことを話すのか。知らぬふりをするのか。話すとすれば、落ち着いて話すのか、問い詰めて罵《ののし》るのか……。どうすればよいのだろうか。

お蝶の頭の中には、答えを出せないことが次々と浮かんだ。

「歳の離れた姉さんか……。ふふ……」

お蝶の口元から笑いが洩《も》れた。お蝶は近くにあった髪結箱から剃刀《かみそり》を取り出した。頭の中は真っ白だ。手が勝手に動いてしまう。お蝶はその剃刀を見つめる。

お蝶は目を瞑《つむ》った。その剃刀は、お蝶の左手にゆっくりと近づいていく。刃先が手首にあたった。

「お蝶さん、いるかい。な、何をしてるのさ」

お里は手に持っていた大根の煮つけを、皿ごと落とした。そして、お蝶に駆《か》け寄る。手首が切れて、血が流れている。

「なんて馬鹿なことを」

お蝶は、お里に気づいていないようだ。お里は剃刀を取り上げ、お蝶の肩を揺らす。

「お蝶さん。お蝶さんってば」

お蝶は我に返ったようで、お里の顔を見つめる。

「お、お里さん……」

「お里さんじゃないよ。すぐに血を止めないと」

お蝶は自分の左手を見る。

「こ、これは……、どうして……」

「どうしてって、あんたが剃刀で切ったんだよ。覚えてないのかい」

お里は、手拭《てぬぐ》いでお蝶の左手首を縛《しば》る。幸い傷は深くないようだ。お蝶はその場で泣き崩れた。

四

お里は、お蝶を自分の家に連れていった。理由《わけ》はわからないが、こんなところに小一郎が帰ってきたら面倒なことになると思ったからだ。

お蝶の気持ちが落ち着くまでには、しばらくの時間《とき》がかかった。

「私、前にも死のうとしたことが二度あってね。あまり覚えてはいないんだけど」

「それはいつのことだい」

「最初は十七のとき。みっともない話だけど……、好きな男《ひと》がいてね。私の片恋だったんだけど。その男に好きな娘《こ》がいることがわかってね。それが、私の幼《おさな》馴染《なじ》みだった。気がついたら、剃刀で手首を切ってた。たいした傷じゃなかったんで、大事には至らなかった。二度めも男に捨てられたときだった。病なのかも……。もしかしたら、髪結になったのも、近くに剃刀があるからかもしれない……」

お蝶は手拭いの上から左手の手首を握った。

「そんなことがあるわけないだろ」

がさつなお里には合点《がてん》がいかない話だが、お蝶を見ているとなんとなくわかる気もする。

「小一郎さんと何かあったのかい」

お蝶は、お久留が訪ねてきてからのことをすべて話した。お里は溜息をついた。

「どうしようもない男だねえ。小一郎ってえのは……」

「私のことを頼ってばかりいて、甘えさせてしまったのが原因《もと》なんです。私のせいなんです」

　お里は深い溜息をついた。

「お蝶さん。あんた、何にもわかっちゃいないんだね。逆だよ。あんたが小一郎さんを頼って生きていたんだよ」

「あたしが、あの人を頼ってる……」

「そうさ。だから、つけ入られる隙《すき》を与えちまったのさ。一人暮らしは寂しいって思うのは当たり前の話さ。だから男の温もりがほしくなる。あんな八五郎みたいな宿六《やどろく》でも、いなきゃ寂しくなるからねえ。でも人はね、生まれながらに独りなんだよ。生まれるときも、死ぬときも独りぼっちなんだよ」

「独りぼっち……」

　お蝶は、お里の言葉を繰り返した。

「そうだよ。独りだってわかっているから、だれかと一緒にいたくなる。お蝶さんは、それがわかっていないのさ。男と女はね、夫婦《めおと》っていうのはね、頼るもんじゃないんだよ。独りだった男と、独りだった女が支え合うもんなんだよ」

お蝶は、お里が語った言葉の意味を噛み締めているようだ。

「断《た》ち切るんだよ、お蝶さん。小一郎さんも、今までの自分も。もっと強い女になるんだよ。剃刀はあんたの大切な商売道具だろ。それを、自分の命を絶つために使うなんて、申し訳ないとは思わないのかい」

お蝶は小さく頷いた。

「お天道様《てんとさま》は、ちゃんと見ていてくれるよ。必ず現れるさ、お蝶さんと支え合って暮らしてくれる男《ひと》がさ」

お蝶は大きく頷いた。

「で、でも、小一郎のことはどうすれば……」

「そんなことは、八五郎に任せておきなよ。こんなときだけは役に立つから。あはははは」

お里は大きな声で笑った。

回向院《えこういん》の近くにある安居酒屋で呑んでいるのは、万造、松吉、そして小一郎だ。小一郎は上機嫌《じょうきげん》だ。

「まったく、おめえたちときたら、口がうめえってえか、調子がいいってえか、乗せられてるってこたあ承知の助だが気分がよくなるぜ」

万造は小一郎に酒を注ぐ。

「師匠。口がうめえって、そりゃねえでしょう。あっしたちはホントのことしか言わねえんで。なあ、松ちゃん」

「そうですぜ、それで、師匠。女の見分け方を教えてくだせえよ。どんな女を狙《ねら》うんで」

小一郎は酒を呑みほす。

「当たり前《めえ》の話だが、日銭《ひぜに》を稼げる女だ。頑張りゃ頑張るだけ稼げるだろう。こっちから言やあ、頑張らせれば、それだけこっちに入《へえ》ってくる銭も多くなるって寸法よ」

「なるほど」

万造と松吉は同時に合いの手を入れる。

「稼げる女はてめえに自信を持ってる。だから切り崩すのは厄介《やっけえ》だ。だが、偉そうにしたって、気取っていやがったって、女なんてもんは、男を求めてるもんなんでえ。てめえに自信を持ってる女ほど、その隙間に入り込めば、容易《たやす》く落ちらあ」

「なるほど」

「まあ、おめえたちには、まだわからねえだろうがな。男と女なんてもんはな、しょせんは騙し合いでえ。騙して、騙され、それが修業ってもんだ。わははは。だがよ、年増の女に貢《みつ》がせるなんざ、まだ序の口よ」

松吉が小一郎に酒を注ぐ。

「よっ。まだ先があるんですかい」

小一郎は科《しな》を作って、その酒を呑みほした。

「狙うのは、世間知らずなお店の娘でえ。うめえこと言って近づいてよ、お稽古《けいこ》事《ごと》の帰《けえ》りに茶屋にでも連れ込んじまえば、こっちのもんだ」

「それで、お店の婿《むこ》養子にでもなろうってんですかい」

小一郎は鼻で笑う。

「これだから、おめえたちは底が浅《あせ》えって言われるんでえ。そんなことになっちまったら、お店で働かなきゃならねえだろうよ。娘に〝小一郎さんと一緒になりたい〟って言わせるのよ」

「小一郎さんに、ですかい」

「そうじゃねえ。娘の両親《ふたおや》に言わせるんでえ。そうしたら両親はどうする。相手はこんな遊び人でえ。別れさせようとするに決まってるじゃねえか。だがよ、こっちに落ち度はねえんだ。手込《てご》めにしたわけじゃねえしな。だが、騒ぎが大きくなって世間に知れたら娘はどうなる。まともなところには嫁にいけなくならあ。だから、親はおれのところに来て、娘とのことはなかったことにしてくれって、頭を下げるって寸法よ。まず十両は包んでくるだろうなあ。じつはよ、今、もう一歩ってとこまできてるんでえ」

小一郎は自分のこめかみを指先で突いた。

「まあ、生きてるうちに、ここを使えってことよ」

万造と松吉の表情《かお》は曇《くも》る。

「そんなことが、お蝶さんに知れたら……」

「そうなったら別れりゃいいじゃねえか。だがよ、噂なんてもんは、どこから伝わるかわからねえ。だから、相手の娘には、歳の離れた姉さんと暮らしてるって言ってあらあ。女なんてえのは星の数ほどいるんだぜ。使えるもんは何でも使うのよ」

万造は手にしていた猪口《ちょこ》を置いた。

「でも、そりゃ、ちょいと悪《あく》でえんじゃ……」

「おれたちは、そこまでやろうとは……」

小一郎は薄笑いを浮かべる。

「甘《あめ》えな。この世は騙すか、騙されるかでえ」

小一郎の背中に何かが飛んできた。

「うっ」

小一郎は手にしていた猪口を落とし、振り返る。そこに転がっているのは大きな風呂敷包《ふろしきづつ》みだ。そして、その向こうで仁王立《におうだ》ちになっているのは八五郎だ。

「面白《おもしれ》え話じゃねえか。だがな、すべてがてめえの思い通りになると思ったら大《お》間違《まちげ》えだぜ。荷造りはしてやった。これを持って、消え失せろ」

小一郎は立ち上がる。

「なんだと〜」

「なんでえ。おれとやる気か。相手になってやるぜ」

腕っぷしでは八五郎に勝ち目のない小一郎は、少し声を和《やわ》らげた。

「なんで、そんなことを八五郎さんに言われなきゃならねえんですかい」

「おめえが男として許せねえ外道《げどう》だからよ」

「どういうことでえ」

八五郎は吐き捨てるような笑い方をした。

「へっ。今日、お蝶さんのところに、娘が訪ねてきたそうでえ。蔵前の塩問屋のお久留って娘でえ。それだけ言やあ、話は通じるだろう」

小一郎は息を止めた。

「うめえこと騙すんなら、住んでる長屋を知られねえようにするこったな」

「ちっ。あの馬鹿女が……。八五郎さんよ。それは、おれとお蝶、おれとお久留との話でえ。あんたには関わりのねえこってえ。野暮《やぼ》な横槍《よこやり》を入れるのはよしてくれ」

「関わりがねえだと〜。ところがあるんでえ。お蝶さんは、おけら長屋の住人なんだよ。同じ長屋に住むお蝶さんが、騙されて、食い物にされてるのを見過ごすわけにはいかねえのよ。それが長屋の暮らしってもんなんでえ」

八五郎は少しの間《ま》をおいて――。

「まずこれは、その、お久留って娘の分だ」

八五郎の拳《こぶし》が小一郎の頬に飛んだ。小一郎はよろける。

「それからこれは、お蝶さんの分でえ。ちょいと効《き》くぜ」

八五郎はもう一度、拳を振りかざす。小一郎の身体は酒の肴《さかな》や徳利を飛び越えて、万造と松吉の間に落ちた。八五郎はそこに駆け寄る。

「おめえたちは邪魔だ。どいてろ」

万造と松吉は何が起こったのかわからず、茫然《ぼうぜん》としているだけだ。八五郎は、小一郎の襟首《えりくび》をつかむと、引きずるようにして土間に叩き落とした。

「いいか、小一郎。二度とお蝶さんに近づくんじゃねえ。おけら長屋に近づくんじゃねえ。てめえなんざ、端《はな》から長屋の人別帳《にんべっちょう》には載《の》ってねえんだ」

八五郎は風呂敷包みを拾って、小一郎に投げつけた。

「とっとと消え失せろ。今度、てめえを見かけたら、こんなもんじゃ済まねえぞ」

小一郎は捨て台詞を吐くこともできず、風呂敷包みを胸に抱《かか》えると、這《は》いずるようにして店から出ていった。

八五郎は、小一郎が座っていた場所に腰を下ろすと、徳利を握り締めて酒を一気に呑んだ。

「さてと。次はおめえたちだ」

八五郎の優しげな物言いに、万造と松吉は何が起こっているのか呑み込めていない。

「おめえたちは、小一郎みてえになりてえんだってなあ。今でもそう思っていやがるのか」

「何があったんですかい」

「蔵前の〝おくる〟ってえのは、だれなんですかい」

八五郎は酒を注文する。

「おめえたちは、働きもしねえで、お蝶さんから小金《こがね》をせびって暮らしてる小一郎が、粋《いき》な男だとでも思ってるのかい」

万造と松吉には答えることができない。

「男として、見上げたもんだとでも思ってるのかい。どうなんでえ。今日、お蝶さんのところに、お久留って娘が訪ねてきて、こう言ったそうでえ」

八五郎は、お里から聞いたことを話した。

「それを聞いたお蝶さんは辛かっただろうよ。歳の離れた姉さんだもんなあ。泣けてくらあ。人の心を踏みにじるってえのは、こういうこったろうよ。それに、訪ねてきたお久留ってえのは、まだ十八の小娘だそうでえ。かわいそうに、あんな男に引っ掛かっちまってよ。世間に知れたら、嫁にいけねえかもしれねえなあ……」

万造と松吉はうなだれている。

「それで、お蝶さんは……」

「死のうとしたよ。剃刀で手首を切ってな。お里が大根《でえこん》の煮つけを持っていってなかったら、お蝶さんは死んでたかもしれねえ」

万造と松吉は神妙《しんみよう》な表情《かお》になる。

八五郎は届いた酒を万造と松吉に注いだ。

「おめえたち、馬鹿と外道の違いがわかるか」

「馬鹿と外道……」

万造と松吉は同じ言葉を繰り返した。

「おおよ。馬鹿ってえのはよ、酒が好きで、だらしなくて、吉原《なか》の女に入れ揚《いあ》げちまって、おれみてえに博打で熱くなって、褌一丁になっちまう野郎のことでえ。てめえで言うのも何だが、こんな奴が仲間にいたら面白《おもしれ》えじゃねえか」

八五郎は手酌で酒を呑んだ。

万造と松吉は静かに話を聞いている。

「万造。おめえは、おけら長屋で松吉と知り合って気が合っちまったんだろう。おめえと同じ、馬鹿で洒落が通じる奴だと思ったからじゃねえのか」

万造は頷いた。

「松吉。おめえだって同じだろう」

松吉も頷く。

「だが、外道は許さねえ。外道ってえのは、人を騙す、裏切る。しくじりを人のせいにする。人の手柄を横取りする。つまり、薄汚《うすぎたね》え野郎のこってえ。そんな野郎が近くにいたらどうする。張り倒すしかねえだろう。おお、痛《いて》え」

八五郎は右手の拳を摩《さす》った。

「おれは、おめえたちのことが嫌《きれ》えじゃねえよ。はじめて会ったときから面白《おもしれ》え奴らだと思ってたぜ。だがよ、おけら長屋の住人になったからには、小一郎みてえな外道になりてえだなんて考《かんげ》え違《ちげ》えをしてもらっちゃ困るんでえ。馬鹿は好きだが、外道は許さねえ。それが、おけら長屋で暮らす者《もん》の決まり事でえ。わかったか」

万造と松吉は膝を正した。

「すいませんでした。何もかも八五郎さんの言う通りでえ。なあ、松ちゃん」

「ああ。穴があったら入《へえ》りてえや」

八五郎は満足げだ。

「おれも、二十歳のころだったら、おめえたちと同じことを考えたかもしれねえなあ」

万造は八五郎に酒を注ぐ。

「しかし、八五郎さんは大《てえ》したもんだぜ。言ってることが奥深《おくぶけ》えや」

「まったくでえ。博打で二両もすっちまったのは、洒落だったんでしょう。思い出してみりゃ、褌一丁で夜道を歩く姿なんざ、なんとも乙だったからなあ」

八五郎は酒を噴き出しそうになる。

「わははは。ま、まあ、そういうこってえ」

万造が右手で何かを握った。

「なんでえ、こりゃ。紙入れじゃねえか」

紐《ひも》を解《ほど》いて中のものを床に出す。

「二朱金が二枚《にめえ》に、一朱金が……。お、おい、一両近くあるぜ」

松吉が膝を叩く。

「こ、小一郎が殴られて、すっ飛んできたときに落としたんでえ。間違《まちげ》えねえ。見覚えがあらあ」

三人はしばらく、その金を見つめていた。口火を切ったのは万造だ。

「この金をいただいちまうってえのは、馬鹿がすることなんですかね。それとも外道がすることなんですかね」

また、三人はその金を見つめる。松吉が――。

「この金は、小一郎がお蝶さんにせびった金なのかもしれねえなあ」

八五郎はその金を見つめたまま――。

「だったら、お蝶さんに返すのが筋ってもんだろう」

「ですがね。一度は小一郎にくれてやった金ですよ。江戸っ子は一度懐から出した金は戻さねえっていうじゃねえですかい」

「お蝶さんは江戸っ子なんですかね……」

また三人は金を見つめる。万造が恐る恐る――。

「そ、それじゃ、こんなのはどうですかね。この金を鉄火場で増やして……、元の金をお蝶さんに返して……」

松吉が続ける。

「それで、金が余ったら、吉原《なか》に繰り出すなんてえのは……」

八五郎は低い声で――。

「おめえたち」

「洒落ですよ。洒落……」

八五郎は手にしていた徳利を叩きつける。

「め、名案じゃねえか。うまくいきゃ、使い込んだ二両が返せるかもしれねえ。

どこだ。佐貫様の中間部屋か。そうと決まりゃ、こうしちゃいられねえ」

「そうこなくっちゃいけねえや」

三人は、徳利に残った酒を呑みほすと勢いよく立ち上がった。

本所おけら長屋 外伝 その弐

家督は寝て待て

一

黒石《くろいし》藩藩主、津軽甲斐守高宗《つがるかいのかみたかむね》は、上総久留田《かずさくるた》藩藩主、黒田豊前守直行《ぶぜんのかみなおゆき》の四男として生まれた。

長兄は正室《せいしつ》、重子《しげこ》との間に生まれた直秀《なおひで》。次兄は側室《そくしつ》、お鯉《こい》の方との間に生まれた直親《なおちか》。三兄は側室、お虎《とら》の方との間に生まれた直広《なおひろ》。側室のお鯉の方と、お虎の方は異母姉妹である。そして、三人目の側室、お芳《よし》の方との間に生まれたのが、高宗で、幼名を三十郎《さんじゅうろう》といった。

正室の重子と嫡男《ちゃくなん》の直秀、そして、側室のお芳の方と四男の三十郎は、久留田藩の江戸藩邸《えどはんてい》で暮らしている。三十郎は江戸の生まれで、母のお芳の方は、直行の側室になる前は重子の侍女《じじょ》だった。

重子は、伊勢南城《いせなんじょう》藩主、有馬備後守氏寿《ありまびんごのかみうじひさ》の長女として生まれた。深窓《しんそう》の姫君とは思えぬ、明るくさばけた性格だ。直行はそんな重子を大切にしており、夫婦仲はとてもよい。しかし、二人の間には、直秀のほかに子ができなかった。直行よりも五歳年上の重子は、直行に側室を迎えるように勧めたのだった。

直行は重子の思いを受け止めて、国元に重役の家から二人の側室を迎えた。重子も、自分が可愛《かわい》がっていたお芳を三人目の側室に迎えさせ、江戸藩邸に置くよう計《はか》らった。正室の子であれ、側室の子であれ、複数の男子誕生は久留田藩の安《あん》泰《たい》に欠かせないことだからだ。

だが、嫡男以外の男子には、厳しい現実が待っている。大藩《たいはん》ならば石高《こくだか》を分けて別藩を建てることもできるが、三万石《ごく》の久留田藩では到底おぼつかない。家臣の家に養子に行くか、捨扶持《すてぶち》を与えられて分家を建てることになる。もっとも望ましいのは、他藩の藩主から養子の声がかかることだった。

上総にある久留田城の奥御殿《おくごてん》では、次男の直親が母であるお鯉の方の前で泣いている。

「直親殿。かわいそうに。それではここに来なさい。母が摩《さす》ってあげましょう」

直親は、正座《せいざ》をしているお鯉の方の膝《ひざ》に頭を乗せると、猫のように頬《ほお》を摺《す》り寄せる。お鯉の方は、直親のこめかみにできた傷を摩る。

「い、痛い。母上。そこが痛いんです。もっと優しく摩ってよ」

お鯉の方は直親を撫《な》でながら――。

「直親殿。もうすぐ元服《げんぷく》だというのに、そんな言葉を使ってはいけません。殿に知られたら叱《しか》られますよ」

「だって、痛いんだから仕方ないでしょう」

お鯉の方はこめかみだけではなく、直親の髪の毛も優しく撫でる。

「しかし、乱暴者の直広殿にも困ったものです。戦国の世ならいざ知らず、立ち合いを迫ってくるとは。そなたも応じることはないのです」

「だって、直広が馬鹿《ばか》にするから……」

「今の世は、剣術《けんじゅつ》などが強くても、何の取り柄にもなりません」

「直親は、直広のことが大っ嫌いだ。母上も直広のことが嫌いでしょ？」

「ええ。母も直広殿のことが嫌いです」

「直広は、私のことを嫌味《いやみ》たっぷりに〝お兄上様〟などと呼ぶんです。たった数日早く生まれただけなのに。私を馬鹿にしているんだ」

お鯉の方は手を止めて、直親に起き上がるように促《うなが》した。

「来月には江戸藩邸で、直親殿と直広殿の元服の儀が執《と》り行われます。その席で、直広殿との違いを、殿や藩の者たちに見せつけなければなりません」

十七歳になった直親と直広は、元服を迎える。嫡男の直秀はすでに元服を終え、今は二十歳《はたち》。三十郎は十五歳になったばかりであった。

「そんなことを言われても……、母上。直親はどうすればよいのでしょう」

「心配はいりません。すべて、この母の言う通りにしていればよいのです」

お鯉の方はまるで愛猫《あいびょう》でも見つめるように、直親に目をやった。それは直親を人として認めていないようにも見えた。

同じく久留田城奥御殿の別房《べつぼう》では——。

直広は座敷《ざしき》の中で木刀を振り回す。

「おれはいつまで、こんな田舎《いなか》でくすぶってなきゃならないんだ。くそっ」

「おやめなさい、直広殿。危ないではありませんか」

直広は木刀を障子《しょうじ》に突き刺した。お虎の方は顔を背《そむ》ける。

「何でおれは三男坊なんかに生まれたんだ。二人の兄がいる限り藩主にはなれやしない。このままじゃあ、おれは一生厄介者《やっかいもの》だ。直秀が嫁をもらって嫡男でも生まれたら……。やってられねえ」

直広は木刀で障子をズタズタに突き刺す。

「そのへんにしておきなさい。それに、直秀などと呼び捨てにするのはおよしなさい。だれかに聞かれたら、ただでは済みませんよ」

「聞かれようが、聞かれまいが、どっちみち同じことです」

「そんなことはありません。殿は、そなたのことも考えてくれています。どこぞの藩から養子の話があるという噂《うわさ》も耳にしています。三十郎殿は殿の子とはいえ、重子様の侍女だった女との間に生まれた子です。そうなれば、直親殿かそなたのどちらかということになるでしょう」

直広は木刀を構えたまま、鼻で笑う。

「直親と比べられるとは心外な」

「比べるわけがありません。そなたの方が優《すぐ》れていることは、誰の目にも明らかじゃ。お鯉の方は子供のころから陰気で、覚悟のない女でした。我が姉とは思えぬ軟弱者。直親殿も姉にそっくりです」

「さっきも庭に引きずり出して、痛めつけてやりましたよ。竹刀が顔をかすっただけで、半泣きになって逃げだしていった。わははは。あんな弱虫が選ばれるはずがないわ」

「当然じゃ。そなたのように勇ましい男こそ、藩主にふさわしい。もう少しの辛《しん》抱《ぼう》です」

直広は木刀を上段に構え、障子を打ち破った。

久留田藩の江戸藩邸で、茶を飲みながら談笑しているのは、正室の重子と側室のお芳の方だ。

「重子様。近く、直親殿と直広殿の元服の儀が江戸藩邸で執り行われるそうですね」

重子は茶を啜《すす》った。

「まだ、だれにも話していないのですが、お芳にだけは話しておきましょう」

　お芳の方は心持ち身構えた。

「津軽の黒石藩藩主、津軽甲斐守典高《のりたか》殿が、養子を探しておられるのです」

「津軽の黒石藩……」

「この国の一番北にある一万石の小藩ですよ」

「お世継《よつ》ぎがいらっしゃらないのでしょうか……」

「典高兄様は……、いえ、甲斐様と申し上げなくてはなりませんね。従兄《いとこ》にあたる方ゆえ、つい気安くお呼びしてしまいました」

　武家《ぶけ》では、諱《いみな》（本名）を呼ぶのは目上の者のみで、身内なら幼名や通称、親しい間柄でも官名で呼び合うことが多い。照れくさそうに笑う重子に、お芳の方もつられて微笑《ほほえ》む。

「ご正室にもご側室にも子が授からず、さりとて養子をとることも気が進まず、周りの者をやきもきさせていましたが、四十も半ばになって、ご正室が懐妊《かいにん》されましてね。女の子が誕生したのです。その後、ご正室は亡くなってしまいましたが、甲斐様は養子をとって、そのご嫡女《ちやくじよ》の婿《むこ》にと考えたようです。お二人の間に男子が誕生すれば、血筋《ちすじ》のお世継ぎを残せますからね」

お芳の方はしばらく考えてから――。

「直親殿と直広殿の元服とどのような関わりがあるのでしょうか。まさか……」

「そうです。甲斐様は品定めに来るのですよ。養子となる者は、次の黒石藩藩主になるのです。候補となる者をじっくりと見定めなければなりません」

お芳の方は合点《がてん》がいったようだ。

「それで、元服の儀は国元ではなく江戸で執り行うのですね」

「近く甲斐様は江戸に入られます。私の親族ということで、元服の儀の立会人をお頼みすることにしました。その席で、直親殿、直広殿のどちらかが甲斐様のお目に留《と》まれば、養子の声がかかるやもしれません」

「そのことを、直親殿と直広殿はご存知なのでしょうか」

「いいえ。甲斐様より口止めされているのですよ。ありのままの直親殿と直広殿を見たいのでしょう……」

重子は小さな声で続けた。

「お芳には申し訳ないと思っています……」

重子は頭を下げた。

「ど、どうなさったのですか」

「本来であれば、その中に三十郎殿も入れるのが筋《すじ》なのでしょうが……」

お芳の方は頭《かぶり》を振った。

「とんでもないことでございます。三十郎はまだ十五歳です。それに……」

お芳の方は口籠《くちご》もったが――。

「お鯉様、お虎様と私では身分が違います。三十郎が同じ立場に置かれるなど滅相《めっそう》もないことでございます」

重子は微笑む。

「殿の子であることに変わりはありませんよ」

今度はお芳の方が微笑んだ。

「それに、あの子……。いや、三十郎殿には他藩に養子に行く気などまったくございません。このまま気ままに暮らしたいなどと言って……。このごろは藩邸の者たちの目を盗んでは江戸市中《しちゅう》に出かけているようです。さらには、戯作者《げさくしゃ》になりたいなどと言い出す始末で」

重子は扇子《せんす》を開いて口を隠した。

「おほほほ。三十郎殿らしいですねえ。私は好きですよ。三十郎殿のことが。大らかで愛嬌《あいきよう》があって、真《ま》っ直《す》ぐで。何よりも、欲がありません。それは、お芳にも言えることですが。気がかりなのは、直親殿と直広殿のことです」

お芳の方は怪訝《けげん》そうな表情《かお》になる。

「あの二人の母は姉妹ですが、幼いころより不仲でねえ。二人とも負けず嫌いの気質ですから、妙な気を起こさなければよいのですが。下手《へた》をすれば、久留田藩の名を汚《けが》すことにもなりかねません」

重子はゆっくりと茶を啜った。

久留田藩の江戸藩邸(上屋敷《かみやしき》)は、寛永寺《かんえいじ》の門前、下谷広小路《したやひろこうじ》の近くにある。

三十郎は藩邸を抜け出し、両国広小路《りようごくひろこうじ》へと向かった。

数日前から両国広小路では上方名産《かみがためいさん》の市《いち》が開かれ、その客を目当てにした見世《みせ》物《もの》小屋が建ち、露店《ろてん》が軒《のき》を列《つら》ねている。いつもはそれほど人通りが多くない蔵前《くらまえ》あたりも多くの人でごった返していた。浅草《あさくさ》の猿若町《さるわかちよう》では中村座《なかむらざ》が初日を迎え、奥山《おくやま》の賑《にぎ》わいも重なって、浅草から両国に向かう人、そして両国から浅草に向かう人が入り乱《みだ》れているのだろう。

三十郎は一人で市中を散策するのが好きだった。江戸の町は活気に溢《あふ》れている。格式を重んじる武家の暮らしとは違い、人々は笑い、怒り、泣き、酔《よ》い、心の中にある気持ちを剝《む》き出しにする。そして、忙しく走り回る。それはまさに、江戸で生きる人々の息吹《いぶき》なのだ。

両国橋の西詰《にしづめ》に広がる両国広小路では、あちこちに子供相手の行商人《ぎょうしょうにん》が出ている。玉屋《たまや》は藁《わら》の芯《しん》を吹いてシャボンを膨《ふく》らませる。蝶々《ちょうちょう》売りは「蝶々とまれや菜の葉にとまれ」と歌いながら、針金《はりがね》の先で紙製の蝶々を見事に舞わせる。その他にも、ちゃるめろ売り、手車《てぐるま》売り、板返し売り、奴人形《やっこにんぎょう》売り、竹とんぼ売り……。子供にせがまれる親たちは困惑しつつも、どこか楽しげだ。

そんな広場の隅《すみ》に立ち尽くす子がいる。四、五歳の女の子だ。落ち着きのない様子であたりを見回しており、不安げだ。

三十郎はしばらく、その子を眺《なが》めていた。どうやら連れはいないようだ。三十郎は、その子と目が合う。その目は、三十郎に救いを求めているようにも見えた。三十郎はその子に近づいて声をかけた。

「どうしたんだい」

女の子は何も答えない。ただ、三十郎の顔をじっと見つめている。

「迷子《まいご》になったのかな」

女の子は小さく頷《うなず》いた。その子の着物が上等なものだということは、三十郎にもわかる。商家の娘だろうか。

「だれと一緒に来たんだい。おっかさんかな」

女の子は何も答えない。

「どこで迷子になったのかな。迷子になったのはどれくらい前のことだい。迷子になったのはこの近くかな」

三十郎は矢継《やつ》ぎ早《ばや》に尋ねる。

「大きな門……」

女の子は小さな声で答えた。

「それは赤い門で大きな提灯《ちょうちん》があったかい」

女の子は首を傾《かし》げた。雷門《かみなりもん》かもしれない。だが、浅草から両国広小路まで、子供が一人で歩くのは大変だ。

「そこからここまで一人で歩いてきたのかい」

女の子は何も答えず、ただ三十郎の顔を見つめている。人の波に流されるようにして、ここまで来てしまったのかもしれない。

三十郎にはどうすればよいかわからなかった。あたりを見回したが、役人が通る気配はない。だからといって、この子を残してここを立ち去ることはできない。三十郎は自分に「落ち着け」と言い聞かせた。

「名前は何て言うんだい」

女の子は少し考えてから――。

「た、たま……」

「お玉《たま》ちゃんというのか……。お玉ちゃんのおうちはどこにあるのかな」

お玉は何も答えない。この歳《とし》の子には無理なのだろう。

三十郎は悩んだ。この子を連れて浅草の方に行ってみるべきか、それとも動かずにここに留《とど》まるべきなのか。

「しばらくここにいてみようね。家の人が捜《さが》しに来るかもしれないから」

三十郎はお玉の手を握って、四半刻《しはんとき》（三十分）ほどその場所でお玉の連れが来るのを待った。だが、迷子を捜しているような人は通らない。三十郎は思い出した。江戸の市中には番屋《ばんや》というものがある。木戸《きど》に接した番屋には木戸の開け閉めをする木戸番《きどばん》が、その向かいの番屋には、消防や自警のための自身番《じしんばん》が設けられていた。

「お玉ちゃん。番屋に行ってみよう。お玉ちゃんの家の人が届けを出しているかもしれないよ。そうしよう」

お玉は何も答えない。

「ずっと歩いてきたから疲れちゃったのかな。それじゃ、私が負《お》ぶってあげよう。草履《ぞうり》を脱《ぬ》いでごらん」

お玉は素直に草履を脱いだ。三十郎はその草履を懐《ふところ》にしまうと、お玉に背を向けてしゃがんだ。

「ほら」

お玉は三十郎の首にしがみつくようにして、負ぶさった。しばらく歩くと、三十郎は笑いだす。

「ははは。歩き出したはいいけど、番屋がどこにあるかわからないや。馬鹿だなあ」

お玉の寝息が聞こえた。歩き疲れただけではなく、不安で気も張っていたのだろう。陽《ひ》が西に傾いて、人の数は少し減ったようだ。前から二人連れの男が歩いてくる。人のよさそうな町人だ。

「お尋ねしたいのですが、番屋はどこにあるのでしょうか」

二人とも少し顔が赤い。酒が入っているようだ。二人は三十郎の様子を見て顔を見合わせた。女の子を負ぶっている形が、ぎこちなく思えたのかもしれない。まして負ぶっているのは元服前の武家の少年だ。

「どうかしましたか」

「この子が迷子になったようで。家の者が捜しに来るかもしれないと思って、しばらく一緒にいたのですが……」

二人の男は微笑んだ。

「徳兵衛《とくべえ》さん。これで少しは気が晴れますな」

「まったくです」

三十郎が怪訝そうな表情《かお》をしたので――。

「いやいや、あなたには関わりのない話で。じつは先ほど、些細《ささい》なことが原因《もと》で老婆を怒鳴《どな》りつける若侍《わかざむらい》を見まして、嫌《いや》な気持ちになっていたのです。あなたのような心根《こころね》の優しい方もいるのかと思いましてね。ねえ、善次郎《ぜんじろう》さん」

「まったくですな。番屋なら、そこを曲がったところにありますので、私たちもご一緒いたしましょう」

三十郎の表情は明るくなる。地獄で仏とはこのことだ。

「ありがとうございます。助かります」

番屋の前には人だかりができている。中では何やら揉《も》め事《ごと》が起こっているようだ。覗《のぞ》いてみると、何人かの男たちが取っ組み合いの真っ最中だ。間に入った木戸番の番太郎は右往左往している。

「だ、だから、落ち着いてくだせえよ。あっしは番太郎で、自身番がちょいと留守にするってんで、代わりに詰めてただけなんだ。あんたも、あんたもだよ。いきなり殴《なぐ》るこたあねえでしょう」

「うるせえ。先に手を出してきたのは、こいつらなんでえ」

相手側も黙ってはいない。

「先に手を出して一発殴ったのは間違《まちげ》えねえが、こいつらは、十発も殴り返《けえ》してきやがった。許せねえ」

徳兵衛と呼ばれていた男の顔色が変わる。

「は、八五郎《はちごろう》さんじゃないか。あんた、何をやってるんだ」

「おお。大家《おおや》さんじゃねえか。盆踊りでもしてるように見えるかい。こういうのを喧嘩《けんか》ってんでえ」

「そんなことはわかっておるわ。何で喧嘩をしてるかを訊《き》いているんだ」

「そこの居酒屋で左官《さかん》仲間と呑《の》んでたら、こいつらが江戸っ子風をふかしやがって、おれたちのことを川向こうの田舎者《いなかもん》とほざきやがった……。許せねえ。そ、そうでえ。大家さんだって川向こうの田舎者なんだからよ、一緒になってこいつらをぶちのめしてやろうじゃねえか」

「うるせえ。御託《ごたく》を並べるんじゃねえ」

相手側の男が八五郎に殴りかかった。八五郎たちも応戦する。間に入っていた番太郎は弾《はじ》き出された。

「まったく、しょうがねえなあ。と、ところで、おたくさん方は……」

徳兵衛は三十郎に目をやる。

「こちらが、迷子になった女の子を見つけたそうで、連れてきたのですが……」

「うわあ〜」

番太郎の背中に、殴られた男が飛んできた。その場に転がった番太郎は、なんとか立ち上がる。

「い、痛《いて》えなあ。こんな修羅場《しゅらば》で、迷子なんざ預かれるわけがねえでしょう。死んじまいますよ」

「それもそうだが……」

善次郎と呼ばれていた男が――。

「それでは、ひとまず私の家で預かることにいたしましょうか」

「おお。それがいい。善次郎さんのところなら安心です」

番太郎も渡りに船といったところだ。

「そうしていただけると、ありがてえんで」

「私の家は川向こうですが、この子の家の者が捜しに来たら、知らせていただきたい」

「わかりやした。必ず知らせやす……、うわあ〜」

八五郎に殴られた男が、番太郎の背中に飛んできて、番太郎は叫びながら転がった。

二

黒石藩の江戸屋敷では――。

「く、工藤《くどう》。も、もう一度申してみよ」

工藤惣二郎《そうじろう》は藩主、津軽甲斐守典高の前でひれ伏したままだ。

「市中で、玉姫《たまひめ》様を見失ってしまいました。今、江戸藩邸におる者が総出で捜しております」

典高は震《ふる》えている。四十半ばになって、やっと授かった一人娘だ。玉姫を溺愛《できあい》している典高が震えるのも無理はない。

「あれほど、お玉から目を離すなと申しておいただろうが。か、加代《かよ》。お前がお玉についておったのだろう。泣いていてはわからん」

乳母《めのと》の加代も泣きながら、ひれ伏したままだ。

「浅草寺《せんそうじ》の境内《けいだい》で玉姫様が、竹人形がほしいと申されて……。人波に呑まれてはいけないと思いまして、工藤殿が竹人形を買いに行き、私と玉姫様は通りの隅で待ったのでございます。すると近くで騒ぎが起こりました。同心《どうしん》に追われている巾着切《きんちゃくぎ》りが合口《あいくち》を振り回して……。私は逃げ惑《まど》う人に押し倒されてしまいました。その上にも人が重なるようにして倒れてきて……。しばらくは起き上がることができませんでした。やっとの思いで立ち上がり、玉姫様を捜しましたが……。も、申し訳ありません」

典高は拳《こぶし》を握り締《し》めて唸《うな》る。

「お玉は下敷きには、ならなかったのであろうな」

加代は顔を上げた。その頬についた擦《す》り傷が痛々しい。

「多くの怪我人《けがにん》が出たようです。私は玉姫様を捜しました。おそらく、くまなく調べましたが、倒れている者の中に玉姫様はおりませんでした。逃げ惑う人波に乗って奥山の方に流されたのではないかと……。そこに工藤殿が戻ってこられて

「……。奥山や猿若町あたりを捜したのですが……」

惣二郎は加代を気遣《きづか》う。

「玉姫様とその場で待つように命じたのは拙者《せっしゃ》です。加代殿はそれに従っただけです。拙者は腹を切ってお詫《わ》びいたしますが、どうか、加代殿には……」

「馬鹿者～」

典高は鬼の形相《ぎょうそう》になる。

「お前が腹を切れば、お玉が見つかるのか。今はそんなことを言っている場合ではない。とにかく捜せ。お玉を捜すのだ。なんとしても捜すのだ」

「はっ」

惣二郎は立ち上がった。加代も立ち上がろうとするが、よろけて倒れる。そこに駆《か》け込んできたのは若い藩士だ。

「前田兼吾《まえだけんご》か。玉姫様は……」

「玉姫様は無事でございます」

典高も立ち上がった。

「見つかったのか」

「そ、それが……」

「何だ。申してみよ」

前田兼吾は、典高の前で片膝をつく。

「両国広小路近くの番屋に、迷子になった玉姫様らしき女の子を連れてきた三人の者たちがいたそうです」

「そ、そうか。それで、お玉はどうした」

「ところが、その番屋では町人同士が入り乱れて、殴り合いの喧嘩をしている最中で、とても迷子などは預かれないと。すると、その中の一人が、自分の家で預かるから、何かあったら知らせてほしいと申して、その子を連れていったそうです」

「それは、お玉に間違いないのだな」

「番太郎が覚えていた風体《ふうてい》、着物からして、十中八九《じっちゅうはっく》は……」

典高は肩の力が抜けたようで、大きく息を吐《は》き出した。

「それで他の者たちが、お玉を迎えに行き、お前が取り急ぎ、知らせに来たというわけか。お玉を預かってくれた者には礼をせねばならんな」

前田はうなだれる。

「ど、どうしたのだ」

「そ、それが……。番太郎が、玉姫様を預かった者の名前や、家の場所を、訊くのを忘れたそうで……」

典高は愕然《がくぜん》とする。

「な、何だと〜。なんと間抜《まぬ》けな。切腹《せっぷく》じゃ。その番太郎を切腹させろ」

工藤惣二郎が典高をなだめる。

「殿。先ほどと言っていることが違いますぞ。落ち着いてください」

「わかっておるわ。それにしても、お玉を預かった者も、預かった者だ。名前も場所も告げずに連れていくとは。ま、まさか、人さらいではあるまいな」

「人さらいが、番屋に迷子を連れてくるとは思えません。喧嘩騒ぎでお互いに気が回らなかったのでしょう。明日になれば、預かった者が番屋を訪れると思います」

惣二郎は前田に、にじり寄る。

「前田よ。玉姫様を番屋に連れてきた三人とは、どのような人物だったのだ」

「何でも、元服前の武家の子弟が、迷子になった玉姫様を助けてくださり、町人二人に付き添われて番屋に連れてきたそうです。町人は大店《おおだな》の主《あるじ》のような風体だったそうです。玉姫様は、その武家の子弟の背中に負ぶさって眠っていたとか」

惣二郎は典高に――。

「殿。明日まで待つしかありません。玉姫様はご無事です。今から拙者と、前田が番屋に張りつきますので。拙者が腹を切るのは、玉姫様が無事に戻られてからにしていただきとうございます」

典高は優しげな表情《かお》になる。

「そなたが腹を切ったと知ったら、お玉はどう思う。自分が迷子になったせいで、人一人が死んだと知ったら、お玉はどう思う。武家というのは身勝手なものよのう。人のことなど考えず、己《おのれ》が腹を切れば済むと思っておる。工藤。本当の責めの負い方を考えよ。よいな」

惣二郎は典高の言葉に平伏《へいふく》した。

「だれのせいでもない。今は、その者たちを信じるしかあるまい」

典高は加代に目をやった。

「加代。足に怪我をしているようだな。その足で、よう、お玉のことを捜してくれた。礼を申すぞ。工藤。番屋に行く前に、加代の手当をしてやれ」

典高はゆっくりと立ち上がり、その場から去った。

三十郎たちが北本所表町《きたほんじよおもてまち》にある廻船問屋《かいせんどんや》、東州屋《とうしゆうや》に着いたころには、空はすっかり暗くなっていた。お玉こと玉姫は、そのまま奥の座敷に寝かされた。

徳兵衛は三十郎に――。

「そう言えば、ご挨拶《あいさつ》もしておりませんでしたな。私は、本所亀沢町《かめざわちよう》にあるおけら長屋の大家、徳兵衛と申します」

三十郎は十一年後に、この長屋の者たちと深い関わりを持つことになるが、この日、出会った徳兵衛のことは覚えてはいない。

店の者が茶を運んできた。

「お茶をどうぞ。私は東州屋善次郎でございます。碁会所《ごかいしよ》で碁を打った後に、徳兵衛さんと一杯やっておりました。その帰りに、あなた様に出会ったというわけです。ところで、あなた様は……」

三十郎は言葉を詰まらせた。藩主の四男などとはとても言えない。

「わ、私は貧乏旗本の四男で、黒田三十郎と申します」

三十郎は動揺して、つい本名を口走ってしまった。

「三十郎様ですか。お住まいはどちらで。この近くでしょうか」

小さな声が聞こえた。見ると、玉姫が布団《ふとん》の上で身体《からだ》を起こしている。三十郎は善次郎の問いから逃げるようにして布団に近寄り、優しい口調で、玉姫に話しかける。

「お玉ちゃん、心配しなくていいんだよ。今日はこの家で過ごすことになったから」

玉姫はきょとんとしている。

「大丈夫だよ。ちゃんと番屋に……、番屋と言ってもわからないか。お玉ちゃんのおうちの人を捜してくれるところだよ。明日になれば、おうちの人と会えるからね」

玉姫は小さく頷いたように見えた。

善次郎は三十郎と徳兵衛に向かって——。

「では、この子のことはお任せください。女手《おんなで》もありますから心配はいりません。明日になって番屋から知らせがないときには、こちらから出向いてみます。徳兵衛さんもありがとうございました。三十郎様も、いつまでもここにいるわけにはいかないでしょうから」

三十郎は悩んだ。この子をここに置いて帰る気にはなれなかったからだ。

「あの……。私もここにいさせていただくわけにはいきませんか。い、いえ、何か心配があるわけではありません。最後まで、見届けたいだけです」

「ですが、あなたの家でも心配なさるのではありませんか」

善次郎の言う通りだった。今まで無断で帰らなかったことなど一度もない。父に知れたらただでは済まないだろう。ただ、藩邸内で三十郎が父と顔を合わせることは滅多《めった》になかった。頼みの綱は母のお芳の方だ。三十郎の味方であるお芳の方が、なんとか取り繕《つくろ》ってくれるかもしれない。

「三十郎様の気持ちはわかります。立派だと思いますよ。その優しさに心を打たれます。ですが、あなたはまだ元服前ではありませんか。お帰りになった方がよろしいのではありませんか。ねえ、徳兵衛さん」

「ええ。私もそう思いますよ。三十郎様。ここは善次郎さんにお頼みしてはいかがでしょう」

ふと見ると、玉姫が布団の上で立ち上がっていた。その目には涙が溜《た》まっている。

玉姫は倒れ込むようにして三十郎に抱きついた。だが、玉姫は涙を流さずに堪《こら》えている。

「わかった。わかったよ。私はどこにも行かないから」

三十郎は優しく玉姫の背中を叩《たた》く。そんな二人を見て、徳兵衛と善次郎は溜息《ためいき》をついた。

「私は今日、友人の家に泊まることになっておりますので、帰らなくても大丈夫なのです。それに、友人は、私に何か用事ができたと思うだけですから。私は、ただ、この子の側《そば》についていてあげたいのです」

徳兵衛は湯飲《ゆの》み茶碗《ぢゃわん》を置いた。

「善次郎さん。この子のことは三十郎様にお任せしてはいかがですかな。この子は私たちよりも三十郎様のことを頼りにしているようですから」

善次郎は頷く。

「そのようですな。では、何かありましたら声をかけてください」

徳兵衛と善次郎は、三十郎の願いを聞き入れることにした。


翌朝――。

番屋に様子を訊きに行った東州屋の番頭《ばんとう》が、二人の侍と一人の武家女を連れて戻ってきた。

三人は玉姫が待つ奥座敷に通された。女は、玉姫の姿を見ると号泣《ごうきゅう》する。心の中で〝玉姫様、よくぞご無事で〟と叫んだが、それを言葉にすることはできない。玉姫はその武家女に抱きついた。

工藤惣二郎は、善次郎と三十郎の前で両手をついた。

「お世話になり、心よりお礼を申し上げる。非礼は重々《じゅうじゅう》承知の上でござるが、主家の名を名乗ることはご容赦《ようしゃ》いただきたい。武家には面目《めんぼく》などという厄介なものがございまして、何卒《なにとぞ》、心中をお察し願いたい。ひ……、い、いや、あの子は自《みずか》らの素性《すじよう》について何か話したでしょうか」

善次郎は何と答えたらよいのかわからず、三十郎を促した。

「何も言いませんでした。名前を〝たま〟と名乗っただけです」

工藤惣二郎と前田兼吾は顔を見合わせて安堵《あんど》した。黒石藩の姫を迷子にしたなどと世間《せけん》に知れたら、藩の名を汚すことになるからだ。玉姫は藩主の嫡女である。五歳とはいえ武家としての教えは受けている。人前で泣いてはならない。見ず知らずの者に素性を語ってはならない。どんなことが起ころうとも取り乱してはならない。玉姫は子供ながらに、その教えを守ったのだ。

「貴殿が、迷子になっているこの子を見つけて、番屋に連れていってくれたとか。この子はどこにいたのでしょうか」

三十郎はありのままを答える。

「両国広小路です。様子がおかしいので、迷子になったのかと尋ねると頷きました」

「そうじろ、そうじろ」

玉姫は、惣二郎の袖《そで》を引っ張る。

「さんたまが、たすけてくれたの」

その可愛い仕種《しぐさ》に、惣二郎は思わず相好《そうごう》を崩した。玉姫の手を優しく包み込むと――。

「このお方は、さんたま様とおっしゃられるのですか」

「そうよ、さんたまよ。さんよ。ずっと一緒にいてくれたの」

玉姫は嬉しそうに、三十郎に笑いかける。はしゃぐ玉姫の姿を見て、加代は再び泣き出した。

「おかよ、泣かないで」

玉姫は慌《あわ》てて加代に抱きつくと、頬を摺り寄せた。

「さんたまがいたから、おたまはこわくなかったの」

加代は、玉姫を強く抱きしめる。そして、改めて姿勢を正すと、畳《たたみ》に額《ひたい》を擦《こす》り付けて、深々と礼をした。

「ありがとうございます。本当にありがとうございます」

「そ、そのような。頭を上げてください。当然のことをしたまでです」

うろたえる三十郎を見て、惣二郎は――。

「貴殿のような方に声をかけていただき、本当によかった。貴殿はまだ元服前とお見受けいたすが、せめてお名前を……。こ、これは失礼いたした。こちらが名乗りもせぬのに、名を尋ねるとは……。お互いに名乗らぬ方がよいのかもしれませんな。ですが、ご恩は決して忘れません」

惣二郎が小さな咳払《せきばら》いをすると、前田が、紙包みを惣二郎に手渡した。

「これは、ほんの気持ちでござる。東州屋殿、どうかお納め願いたい。それからこれは貴殿に……」

惣二郎は、善次郎、三十郎の前に紙包みを滑《すべ》らせた。善次郎はその紙包みを押し返した。

「これは受け取れません。私は昨日《きのう》から、すこぶるよい心持ちになっております。この三十郎様の優しさに、そして、私ども町人に対する、あなた様方のご丁《てい》寧《ねい》なご対応にもです。世の中は捨てたものではございません。そんな心持ちでいるのに、この謝礼をいただいたら、嬉しさが半減してしまうような気がしてなりません。どうか、よい心持ちのままでいさせてください」

三十郎も善次郎の真似《まね》をするようにして、紙包みを押し返した。

「あの子が、無事に帰れるだけで充分です。本当によかったです」

惣二郎は、躊躇《ちゅうちょ》なく紙包みを懐にしまった。善次郎と三十郎の言葉が本心だと思えたからだ。

「拙者もじつによい心持ちでござる。それでは、これにて失礼いたす」

工藤惣二郎と前田兼吾は立ち上がる。三十郎と善次郎は、東州屋の前で、玉姫を見送った。加代に手を引かれた玉姫は何度も振り返って、三十郎を見ていた。

三十郎は久留田藩の江戸藩邸に戻った。もう陽は高く昇っている。裏の木戸を開けて屋敷に入り、足音を立てずに廊下を歩く様は、まるで盗人《ぬすっと》だ。

「三十郎殿！」

お芳の方の声だ。

「こちらに来なさい」

三十郎はとぼけることにした。襖《ふすま》を開くと、お芳の方は正座をしている。

「母上。何か御用でしょうか」

お芳の方は笑った。

「その歳で朝帰り、いや、昼帰りとはなんとも粋《いき》ではありませんか」

「ええ。女が私を放してくれなかったもので……」

三十郎は滑稽本《こっけいぼん》に書かれていた一節を使ってみた。

「それは、男冥利《おとこみょうり》に尽きますね。それならよいのです。三十郎の顔を見ればわかります。何があったのかは知りませんが、やましいこと、恥ずべきことはなかったようですから、私は何も尋ねません。で、どこに行っていたのです?」

「その手は桑名《くわな》の焼き蛤《はまぐり》ってやつですよ」

三十郎は、またしても滑稽本に書かれていた言い回しで切り返した。

三

久留田藩の江戸藩邸で執り行われた直親、直広の元服の儀は滞《とどこお》りなく済んだ。宴席では直親、直広が上座《かみざ》に着席した。二人の後見役《こうけん》を務《つと》めた黒田家の親族ほか、久留田藩の重役、重子以下、奥方一同も同席している。

藩主の黒田豊前守直行は改めて、黒石藩藩主、津軽甲斐守典高に礼を述べた。

「甲斐殿には立会人をお引き受けいただき、心より御礼申し上げます」

典高は上機嫌《じょうきげん》だ。

「これで直親殿、直広殿は武家として成人となったわけですな。月代《さかやき》も似合うではありませんか」

元服の折に幼名を廃し、元服名をつけるのが慣例だが、久留田藩では、十六で諱を名乗り、十七歳で元服の儀を執り行うことになっていた。直行は典高に酒を注《つ》ぐ。

「さあ、堅苦《かたくる》しい話はこれくらいにして、無礼講《ぶれいこう》と参りましょう」

典高はその酒を呑みほした。

――二十日《はつか》ほど時は遡《さかのぼ》る。人の口に戸は立てられぬというが、久留田藩内では、黒石藩の藩主が養子を探しており、直親、直広の元服の儀の席で、二人を見定めるという噂が流れていた。

お鯉の方は、直親を前に座らせる。

「直親殿。半月後には江戸藩邸に発《た》ちますからね。元服の席でそなたの将来が決まるのですよ。小藩とはいえ、一国一城の主になれるか、このままで終わるかの瀬戸際《せとぎわ》です」

お鯉の方の表情は険《けわ》しくなる。

「それだけではありません。仮に直広殿が養子に選ばれようものなら、姉としてお虎に合わせる顔がありません。あの女のことです。自慢げに私を見下《みくだ》すに決まっています」

お鯉の方とお虎の方は、代々重役を輩出する森《もり》家の出身で、用人《ようにん》を務めた森正太夫《しょうだゆう》の娘として生まれた。お鯉の方が半年早く生まれて姉ということになっているが、母親違いの同い年である。母親同士も仲が悪く、競い合って育てられた。

絶えず比較され続けたために、姉妹は憎み合うようになってしまった。そんな二人が同じ夫に嫁いでしまったのは、因果《いんが》なことだった。二人の関係を、息子の代まで引き継いでしまっている。

直親は膝送りをして、お鯉の方の手を握る。

「母上。私はどうすればよいのでしょうか」

お鯉の方は厳しい表情になる。

「残念ながら、頼りないことこの上ない直親殿が、養子に選ばれることは、まずあり得ません。ですが、諦《あきら》めてはいけません。例えば、ここに直親殿が嫌いな柿があったとします」

直親は顔をしかめる。

「柿は嫌いです。ぬるっとしているではありませんか。気持ちが悪い」

「その横に、梨があったとします。でも、その梨は腐っているのです。どちらかを食べろと言われたら、どちらを食べますか」

「どちらも食べたくありませんよ」

「たとえ話なのですから、食べるのです」

「腐ってる梨なんか食べられるわけない。お腹《なか》を壊したらどうするんです。我慢して柿を食べますよ」

「そういうことです」

「そういうことって、どういうことなんです」

「直広殿を腐った梨にするのです」

「あははは。母上、つまりこういうことですか。頼りない柿でも、腐った梨よりはマシだと……。あははは。わかりやすいや」

お鯉の方は声を小さくする。

「元服の儀の後に、宴席があります。狙《ねら》いはその席です。直広殿の気質は存じてますね」

「短気で、乱暴者で……」

「そうです。ですから、黒石藩のご藩主に〝直広は癇癪《かんしやく》持ちで、乱暴者だ〟と思わせればよいのです。そなたは、おとなしく座っていればよい」

「でも、どうやって……」

「直広殿は虫が大嫌いでしたね」

「そうです。特に毛虫と百足《むかで》がね。友だちが直広の肩に毛虫を置いたら烈火のごとく怒って、その友だちを殴り続けた。仲間が止めに入らなかったら殺していたかもしれませんよ」

「その話は、私も聞いています。直広殿の虫嫌いは尋常《じんじょう》ではありません。虫が関わると我を見失ってしまうのです」

お鯉の方は意味ありげに微笑んだ。

――その宴席が始まった。

お鯉の方は、直広の膳の椀《わん》に百足を入れることにした。椀の蓋《ふた》を開いた直広は叫び、おののき、そして怒りを爆発させる。直広は気持ちをおさえることができないのだ。その姿を見て、典高は直広に幻滅するという筋書きだ。

ところが、直広のお椀に百足を入れるように命じられた配膳役の奥女中が、青ざめた顔で、お鯉の方に耳打ちをする。

「百足を入れたのが、どのお椀かわからなくなってしまいました……」

「ど、ど、どういうことですか」

「だ、だって、お椀の模様はみんな同じですから……」

見ると、お椀が膳に配られはじめている。もし、百足の入った椀が、黒石藩藩主、典高に当たったらとんでもないことになる。厨人《くりやびと》はお手打ちになるかもしれない。お鯉の方は自らの行いを死ぬほど後悔した。だが、もう遅い。上座に座る直広がお椀の蓋に手を伸ばした。

(百足よ。そこにいてください。神様……。百足をそのお椀に……)

直広が蓋を開ける。お鯉の方は目を瞑《つむ》った。直広の叫び声は聞こえてこない。ゆっくり目を開くと、直広はお椀から椎茸《しいたけ》を食べていた。お鯉の方の身体《からだ》は震えだした。そして、典高がお椀に手を伸ばした。

「あーっ」

その声に一同が驚く。直行が――。

「ど、どうしたのだ」

「な、何でもございません」

典高がお椀の蓋を開けた。

「あーっ」

「だから、どうしたのだ」

典高はお椀に鼻を近づけて香りを楽しんでいる。奥女中がやってきて、お鯉の方に耳打ちする。

「わかりました。百足の入ったお椀は無事に引き上げました」

お鯉の方は、安堵から気を失いそうになった。


再び二十日ほど前。お虎の方と直広は――。

直広はお虎の方の前で胡坐《あぐら》をかいている。

「家中《かちゅう》の者たちが噂をしていましたよ。元服の儀の席で、黒石藩の藩主が直親とおれを見定めるって。菊や盆栽の品評会じゃあるまいし。馬鹿にしやがって」

「言葉を慎みなさい。あなたの将来が決まる大切な席なのですよ」

「そりゃ、そうですけど」

「元服の儀は厳粛に執り行われるでしょう。その後に宴席が催《もよお》されます。この席には、殿をはじめ、重子様、直秀殿以下久留田藩の重役、そして親族代表として黒石藩のご藩主も、立ち会われることになっています」

直広は足を伸ばした。

「黒石藩っていうのは、北の果てなんでしょう。しかも一万石ときた。養子にいくなら、暖《あった》かいところじゃないとねえ」

「贅沢《ぜいたく》を言ってはいけません。養子の話など、そうそうありませんからね。なんとしても、直広を養子に選んでもらわなければ……」

「で、どうすればいいんです」

お虎の方は頷いた。

「直親殿との違いを見せつけるのです。黒石藩は武芸に力を入れていると聞いたことがあります。あなたは久留田藩の剣術指南役《しなんやく》から一刀流《いっとうりゅう》を習っているのでしょう。宴席が始まり、宴もたけなわとなったころ、余興をお見せしますと言って、一刀流の形を披露するのです」

直広は立ち上がって、剣を振り下ろす真似をする。

「おお。それはいい考えだ。真剣での形を見せるとするか」

「そのときに、直親殿を睨《にら》みつけるのです。そして、剣先を直親殿の鼻先に振り下ろしてやるのです。気の弱い直親殿のことです。腰を抜かして醜態《しゅうたい》をさらすにちがいありません」

「そいつぁ、面白い」

「何としても姉の鼻を明かしてやらねばなりません」

お虎の方は、底意地悪い表情《かお》で微笑んだ。


その宴席が始まった。

お虎の方と直広は機会を窺《うかが》っていた。お虎の方が目配せをするので、直広が切り出そうとすると、典高が話し出す。

直広はまた、機会を窺う。お虎の方が目配せをしたので立ち上がろうとしたが、お鯉の方がそれを邪魔するように「あーっ」と大声を出した。また立ち上がろうとすると、お鯉の方が「あーっ」と大声を出す。

直広は、お鯉の方に殺意を覚えた。何度も機会を逸《いっ》した直広だが、ここを逃《のが》してはならないと腹を括《くく》り、立ち上がる。

「それでは、みなさま。宴席の余興ということで、直広が一刀流の形を披露したいと存じます」

間《ま》が悪かったのか、聞いている者はいない。手を叩いているのは、お虎の方だけだ。直広は刀を受け取り、形を披露する。黒石藩の藩士が入ってきて、典高に耳打ちすると、典高は立ち上がり、廊下に出ていった。お虎の方は叫ぶ。

「あーっ」

その声に直行が驚く。

「ど、どうしたのだ」

「な、何でもございません」

こうなると、何のために一刀流の形を披露しているのかわからない。だからといってやめるわけにもいかない。宴席はそれぞれに盛り上がっており、直広のことなど見ている者はだれもいない。直広は、刀を振り回して怒鳴り散らしたくなるのを、歯を食いしばって我慢した。お虎の方はそんな直広の姿を見て茫然《ぼうぜん》としていた。

典高が女の子を連れて戻ってきた。一同の目はその子に注《そそ》がれた。女の子が典高の隣に座ると、黒石藩江戸詰用人、工藤惣二郎が紹介する。

「黒石藩藩主、津軽甲斐守が嫡女、玉姫様でございます」

玉姫は凛《りん》としている。典高は笑った。

「この宴席は無礼講ということなので許してくだされ。お玉がどうしても、この席に出てみたいと申すでのう。四十をすぎてからできた娘で、甘やかしっぱなしで、お恥ずかしい限りじゃ」

お鯉の方と直親、お虎の方と直広は驚きを隠せない。典高の嫡女が、これほど幼い子だとは思っていなかったからだ。だが、この四人にとって、姫の歳などはどうでもよいことだ。養子にさえなれればそれでよいのだから。

玉姫の登場によって宴席の風向きは変わった。典高は直行よりも年上で、酒が入ったこともあり、軽い口調で語りだした。

「黒石藩には世継ぎがおらん。養子を迎え、このお玉を嫁にしてくれれば黒石藩は安泰じゃ。正直に申すと将来、二人に男子が誕生すれば、わしの血筋も残せることになる。まったくもって身勝手な話よのう」

典高の話からは実直な人柄が感じられる。藩主として、父親としての素直な気持ちなのだろう。

「わしはもう五十。もしものことがあれば、黒石藩はお取り潰《つぶ》しとなる。だが、まだお玉は五歳。とはいえ、手は打っておかねばならん。そこで、早々に養子となってくれる者を定め、ご公儀《こうぎ》には、お玉の許嫁《いいなずけ》として届けを出そうと思う」

直行は他人事《ひとごと》のように尋ねる――。

「つまり、養子となる者は、直《ただ》ちに津軽に入るわけではないのですな」

典高は頷いた。

「お玉が十歳になるころまでにはと考えている。誠に勝手な話だが、わしが〝この者こそ黒石藩の養子にふさわしい〟と見定めた者には伏してお願いするつもりだ。我が藩に来てほしいと……。じつは、今日もそのために、立会人をお引き受けしたのです」

直親と直広は背筋を伸ばした。

「もちろん、その者にその気がなければ仕方ない。だが、わしが大切にしたいのは、お玉の気持ちだ。お玉には、なかなか人を見る目がありましてな。わはは。親馬鹿とお笑いくだされ」

典高は玉姫の頭を撫でた。

「どうだ、お玉。この中に、お玉が嫁になってもよいと思える御仁《ごじん》はおるかな」

典高はみなに向かって笑う。

「わはは。ほんの座興じゃ」

玉姫は無言で立ち上がると、上座に向かって歩きだした。そして、直親と直広の前に立つ。玉姫は直親と直広の顔を交互に見つめ、それを何度も繰り返す。座敷は静まり返った。お鯉の方とお虎の方は固唾《かたず》を呑む。

玉姫は二人に背を向けて歩きだす。その足は末席に向かっていた。末席では、三十郎が襲《おそ》ってくる眠気と戦っていた。

三十郎は、この宴席と自分は無縁だと思っていた。なので、宴席が始まってからのことは、すべてが上《うわ》の空で、ろくに話も聞いてはいない。久留田から出てきた二人の兄、直親と直広とは、控室で挨拶をした。相変わらず、どちらとも気が合うとは思えなかった。そもそも幼いころから三十郎のことなどは眼中になく、明らかに見下されていた。三十郎にとってはどうでもよいことだったが。

玉姫は三十郎の前で立ち止まった。玉姫は三十郎を指差した。

「このお方の嫁になる。おたまは、このお方の嫁になる」

それは、はっきりとした口調だった。三十郎は玉姫に気づいた。

「お、お玉ちゃん……」

隣に座っていたお芳の方は慌てる。

「な、何を申すのですか。玉姫殿ですよ。粗相《そそう》があってはなりませぬ」

「……玉、姫」

呟《つぶや》く三十郎に、玉姫は花が開いたように、にっこり笑った。

「さんたま」

玉姫は三十郎の後ろに回ると、背中に抱きついた。

典高は大声で笑った。

「わははは。お玉は、そのお方が気に入ったようですな。これ、お玉。何をしておる。困っておられるではないか。わかったから、席に戻りなさい。豊前殿。元服前とお見受けするが、その方は……」

直行は驚きもせずに答える。

「四男です。側室、お芳との間に生まれた三十郎です」

典高は大きく頷いた。

「三十郎殿と申されるか……。どうですかな、三十郎殿。まだ先の話ではあるが、黒石藩に来て、このお玉を嫁にするつもりはござらんか」

三十郎は突然のことに、何と答えてよいのかわからない。

「と、とんでもない。私などが、そのような……」

突然のことで、言葉が出てこない。典高はまた笑う。

「わはは。すまん、すまん。困らせるつもりはないのだ。のちほど、豊前殿、嫡男の直秀殿も交《まじ》えて、ゆっくりと話をしようではないか」

驚いたのは、お鯉の方と直親、お虎の方と直広の四人だ。トンビに油揚げをさらわれるとはこのことだ。四人はがっくりと肩を落とした。

四

別室に集まっているのは、久留田藩藩主、直行と正室の重子。その嫡男、直秀。四男の三十郎と、その母である側室のお芳の方。そして、黒石藩藩主、典高と、黒石藩用人の工藤惣二郎だ。典高は三十郎に手をついて頭を下げた。一同は驚きを隠せない。

「三十郎殿。お玉が世話になった。この通り、礼を申す」

典高の従妹《いとこ》にあたる重子が――。

「甲斐様。これはどういうことでございますか」

「工藤。お前から話してくれ」

惣二郎は軽く頭を下げた。

「先日、玉姫様が、浅草見物がしたいと申されて、拙者と乳母の加代が、玉姫様を浅草にお連れいたしました。ところが、浅草寺の境内で騒ぎに巻き込まれ、玉姫様を見失ってしまったのです。どこを捜しても玉姫様は見当たりません……」

惣二郎はその日に起こったことを話した。

「こちらの三十郎様が、迷子になった玉姫様に声をかけてくださり、番屋に連れていってくださいました。そして、玉姫様を預かってくれることになった商家で、朝まで玉姫様の側についていてくださったのです」

典高は顔をしかめる。

「番屋の番太郎も、その商家の主も困ったものよのう。名前や場所を告げずに、お玉を預かってしまうのだから」

お芳の方は涙を浮かべる。

「それで、朝帰りを……。そうでしたか。三十郎殿。それはよいことをしましたね」

直行は、三十郎を睨みつけた。

「わしは、お前が朝帰りをしたことを知っておったのだぞ。重子とお芳が、心配はいらない、三十郎を信じてやってほしいというので大目にみてやったのだ」

三十郎は背中を丸めた。嫡男の直秀はそんな三十郎を見て微笑む。

「三十郎らしいですな。ですが、それが三十郎だと、どうしてわかったのでしょうか」

惣二郎は続ける。

「翌日、北本所表町の東州屋に行き、玉姫様とお会いすることができました。そして、同行していた者に命じたのです。黒田三十郎と名乗った者が東州屋から出てきたら、後をつけて身元を確かめよと。無礼なことをして申し訳ございませんでした。ですが、もし、黒田三十郎殿が、玉姫様の身分を知ってしまっていたなら、面倒なことになるかもしれないと考えたからです。どうかご容赦を……」

惣二郎は平伏した。

「そして、黒田三十郎殿が、黒田様のご子息《しそく》、三十郎様であると知ったのです」

典高は苦笑《にがわら》いを浮かべる。

「いやはや、えらい騒ぎになったものだ。わしは取り乱し、工藤は腹を切るという。こうして笑い話になったのは、すべては三十郎殿のおかげだ。改めて礼を申す」

典高は真顔になる。

「どうだろう、三十郎殿。先ほどの話だが、真剣に考えてみる気はないか。それとも、一万石の藩主では不服かな」

三十郎は心持ち後ろに下がった。

「藩主など、私に務まるはずがございません。それに、二人の兄を差し置いて、私などが……」

お芳の方が助け舟を出す。

「三十郎の申す通りでございます。私は重子様の侍女だった身でございます。側室とは申せ、その侍女が産《う》んだ子が、藩主などとは、とんでもない身分違いでございます」

典高はわざと嫌味な表情《かお》を作った。

「わしは身分などで人を見ない。人となりで見極《みきわ》めるのだ。それとも、わしに人を見る目がないと申すのかな」

お芳の方は恐縮する。

「滅相もないことでございます」

今度は三十郎が助け舟を出す。

「正直に申します。私は藩政《まつりごと》に関心がございません。その重さに押しつぶされるに決まっています。私は滑稽本を書く戯作者になりたいのです。お声をかけていただいたこと、身に余る光栄でございますが、どうか、どうか、ご容赦くださいますよう、お願いを申し上げます」

「そこよ」

典高は合いの手を入れるように言った。

「母子《おやこ》共々、欲がないようだな。ますます気に入った。地位を求め、地位にしがみつこうとする者は、己を見失う。その歳で、重さに押し潰される怖さを語れるなどは見上げたものよ」

典高はゆっくりとした口調で――。

「三十郎殿。藩主が持っておらねばならぬもの、それは何かおわかりか」

三十郎は答えることができない。

「では、教えて進ぜよう」

典高は三十郎の目を正面からとらえた。

「藩主に求められるものは、威厳でも、政《まつりごと》の手腕でもない。民《たみ》を思う心だ。弱い者、貧しい者たちに寄り添える心だ。口で言うのは容易《たやす》いが、なかなかできることではない」

典高は続ける。

「三十郎殿は迷子になったお玉に優しい言葉をかけてくれたそうだな。眠ってしまったお玉を負ぶって番屋まで連れていってくれたそうだな。商家では朝まで、お玉の側についていてくれたそうだな。その心だ。三十郎殿には、その心があるではないか。津軽は雪深く、そして寒い。百姓たちは貧しい暮らしに耐えて、年《ねん》貢《ぐ》を納めてくれている。そんな弱く、貧しい民たちに寄り添える藩主でなければならんのだ」

直行は感慨深げに頷いた。

「よい話を聞かせていただいた。のう、直秀」

直秀の瞳は潤《うる》んでいるように見える。

「はい。津軽様のお言葉、心に沁《し》みました。そして、三十郎からも教えられたような気がします。三十郎。兄も津軽様のおっしゃる通りだと思う。津軽様からのお話、受けてみてはどうだ。母上はどう思われますか」

重子は微笑む。

「三十郎殿なら立派な藩主になれると思いますよ。甲斐様もおっしゃられましたが、養子となって津軽に入るのは、まだ先の話でしょう。その間に藩主として身につけなければならないことを学べばよいのです。ですが、人の心根というものは変えようがなく、また学びようもない。甲斐様は、その三十郎の心根を見極めてくださったのですから」

典高は満足げだ。

「直秀殿も重子殿も、異存はないようだな。あとは、お父上が……」

「しばし、お待ちください」

三十郎が口を挟《はさ》んだ。

「私は納得しておりません」

典高は不敵な笑《え》みを浮かべる。

「黙らっしゃい。三十郎殿には、男のけじめをつけていただかねばならぬ」

「男のけじめ……」

典高は直行に向かって――。

「お玉は、廻船問屋でのことを乳母の加代に明かしたそうです。三十郎殿は、私の娘、お玉と床《とこ》を共にしたのです」

直行は露骨に驚く。

「な、なんだと～。嫁入り前の娘と床を共にしただと～」

直行はわざとらしい仕種で、典高に両手をつく。

「申し訳ござらぬ。三十郎がとんでもないことを……。けじめはつけさせますので」

三十郎は呆《あき》れ顔で――。

「父上。けじめなどとは大袈裟《おおげさ》な。玉姫殿は五歳の子供ではありませんか。私はただ……」

「黙れ。嫁入り前の娘に五歳も十五歳もあるか。床を共にしたからには、けじめをつけて嫁にするしかないわ。わかったか」

なぜか、直行は笑っている。そして、典高も笑っていた。

三十郎は、東州屋でのことを思い出した。

布団に入った玉姫は、なかなか寝付けずにいた。

「眠れないのかい」

玉姫には、ここがどこかわからない。小さな胸は、不安で張り裂けそうになっているのだ。眠れないのも無理はない。玉姫は布団から小さな手を出した。三十郎はその手を握る。

「心配することはないよ。私はずっとここにいるからね。大丈夫だよ。ずっと一緒にいるからね」

「本当？　ずっと一緒にいてくれるの？」

玉姫がはじめて言葉らしい言葉を話した。

「そうだよ。ずっと一緒にいるよ」

玉姫は三十郎の手を強く握った。そして、その手を引っ張る。一人で寝るのが怖いのだろう。

三十郎と玉姫はひとつの布団で一緒に寝た。玉姫は三十郎にしがみついて離れなかった。玉姫は眠りに落ちても三十郎を放そうとはしない。三十郎は眠っている玉姫の背中を優しく叩きながら「大丈夫だよ。ずっと一緒にいるから」と囁《ささや》き続けた。

みんなが笑っている中、お芳の方は真面目《まじめ》な顔をして――。

「三十郎。女が放してくれなかったというのは、本当だったのですね」

三十郎は滑稽本に書かれていた言い回しで切り返そうとしたが、何も思い浮かばなかった。

三十郎が津軽甲斐守典高の養子となり、津軽に赴くのは、この五年後、二十歳になった年のことである。

それから七年。三十郎こと高宗は、立派な黒石藩藩主となった。弱い者、貧しい者に寄り添う心は少しも変わっていない。そして、お忍びで市中に出かけてしまう悪い癖も……。

本所おけら長屋 外伝 その参

金太が街にやってくる

一

万造《まんぞう》と松吉《まつきち》がおけら長屋に越してきて二年がたった。

二人は湯屋《ゆや》の帰りに、松井町《まついちょう》にある酒場《さかば》三祐《さんゆう》という居酒屋に顔を出すようになった。汚い居酒屋で、二人にはうってつけの店だ。店は晋助《しんすけ》という愛想《あいそ》のない主《あるじ》と、お栄《えい》という十四、五歳の娘が切り盛りしている。

万造は松吉に酒を注《つ》ぐ。

「お栄って子は晋助の娘なのか」

「風の噂《うわさ》じゃ、姪《めい》っ子ってことだ」

そのお栄がやってきた。

「お客さんたちさあ、この前、ここに来たときに言ったこと、覚えてるよね」

「何でえ、そりゃ」

「帰るときに言ったことだよ」

「覚えてねえなあ」

お栄は微笑《ほほえ》む。

「あたしの耳には〝足りねえ金は、この次に来たとき、倍にして払ってやらあ〟って聞こえたんだけど……。たぶん、この次っていうのは今日のことだと思うんだけど、とりあえずは、その倍にしたものを払ってほしいんだけど」

万造と松吉は年端《としは》もいかない娘に気圧《けお》されている。

「そ、そんなもんは、今日の勘定と一緒に払えばいいじゃねえか。なあ、松ちゃん」

「そ、そうでえ。その方が手間が省《はぶ》けるってもんでえ」

お栄は動じない。

「今日は今日。この前はこの前だよ。さあ、耳を揃《そろ》えて払っておくれよ。断っておくけど〝倍〟だからね」

万造は溜息《ためいき》をつく。

「おいおい。小娘のくせして、遣《や》り手婆《てばばあ》みてえなことを言うんじゃねえよ」

「おうよ、そんな台詞《せりふ》は、三十年たって本物の遣り手婆になってから言いやがれ」

　お栄は片足を小上《こあ》がりに乗せた。

「江戸っ子が、一度口から吐《は》いた言葉を呑《の》み込むなんざ、みっともないよ。さあ、どうする、どうする」

　松吉は観念したようだ。

「わかった。わかったから、主を呼んできてくれや」

　お栄は呆《あき》れ顔になる。

「わかっちゃいないなあ。晋助伯父《おじ》さんじゃ、言いくるめられちゃうから、あたしがやってんだよ。まあ、今日はこれくらいにしとくか。〝倍〟は勘弁するから、ちゃんと払っておくれよ」

　お栄は厨《くりや》に消えていった。万造は感心する。

「大《てえ》したもんだねえ。松ちゃんよ、ああいうしっかりした娘を嫁にすれば安泰《あんたい》だぜ」

「冗談言うねえ。言い負かされて小遣《こづけ》えももらえねえや」

そこにやってきたのは八五郎《はちごろう》だ。

「何でえ、おめえたちも来てたのか」

八五郎は二人の前に腰を下ろした。

「相変わらず、シケたもんを肴《さかな》にしていやがるなあ。メザシと沢庵《たくわん》かよ」

「うちはメザシと沢庵しかないもんで」

振り向くと、お栄が立っている。

「八五郎さんさあ。この前、ここに来たときに言ったこと、覚えてるよね」

「何でえ、そりゃ」

「帰るときに言ったことだよ」

「覚えてねえなあ」

お栄は微笑む。

「あたしの耳には〝足りねえ金は、この次に来たとき、倍にして払ってやらあ〟って聞こえたんだけど……。たぶん、この次っていうのは今日のことだと思うんだけど、とりあえずは、その倍にしたものを払ってほしいんだけど」

万造と松吉は囁《ささや》き合う。

「見事なもんだねえ。寸分の狂いもねえ」

「ああ。ちょいと前《めえ》のおれたちは、こんなふうだったんだなあ」

八五郎は口籠《くちご》もる。

「ま、その、だからよ……」

万造と松吉は囁き合う。

「ここからが、おれたちと違うところなんだよなあ」

「ああ。頭が回らねえってえか、言葉を知らねえってえか」

そこに駆《か》け込んできたのは、たが屋の佐平《さへい》だ。

「八五郎。大変《てえへん》でえ。お里《さと》さんと、お糸《いと》ちゃんが怪我《けが》をした」

八五郎は立ち上がる。

「ど、どういうことでえ」

「二人は湯屋から帰《けえ》ってきたところみてえだが、長屋の屋根が風で飛ばされて二人にぶつかったってこった」

八五郎は三祐から飛び出していく。万造と松吉は顔を見合わせる。

「どうするよ、松ちゃん」

「人手《ひとで》が要《い》るかもしれねえな。こうしちゃいられねえ」

万造と松吉も飛び出していく。

「ちょ、ちょっと～。お代はどうなるのよ～。次に来たら三倍だからね～」

お栄が暖簾《のれん》を潜《くぐ》って外に出たときには、万造と松吉の背中は見えなくなっていた。

八五郎は家に飛び込んだ。

「お糸。大丈夫《でえじょうぶ》か」

八五郎の娘、お糸は肩口をおさえている。

「私は平気よ。肩に当たっただけだから。それよりも、おっかさんが……。屋根の板切れがおでこに当たって……」

佐平の女房《にょうぼう》、お咲《さき》が、お里の額《ひたい》に手拭《てぬぐ》いを巻いている。そこに飛び込んできたのは万造と松吉だ。

「お糸ちゃん。生きてるかい」

「お糸ちゃん。おれがだれだかわかるかい」

お糸は微笑む。

「私は大丈夫です。でも。おっかさんが……」

万造と松吉は安心したようだ。

「そうかい。そりゃ、よかった」

「ああ。顔に傷でもついたら大変《てえへん》なことにならあ。運よく、おとっつぁんにも、おっかさんにも似てねえんだからよ。その顔は大切にしなきゃいけねえよ」

八五郎は、お糸に近寄る。

「お糸。痛かねえか」

万造も、お糸に近寄る。

「お糸ちゃん。痛《いて》えなら医者に連れてってやるぜ」

松吉も、お糸に近寄る。

「お糸ちゃん。おれが負《お》ぶってやろう」

お糸は困惑する。

「私は大丈夫です。でも、おっかさんが額に怪我を……」

万造と松吉は、八五郎の肩を叩《たた》く。

「よかったなあ、八五郎さん。お糸ちゃんが無事でよ」

「自慢の娘に何かあったら、泣いても泣き切れねえもんなあ」

八五郎は涙ぐむ。

「ありがとよ。おれもそれだけが心配《しんぺえ》だったんでよ」

三人は肩を抱き合って泣いた。そして——。

「いいかげんにしなさいよ」

怒鳴《どな》ったのは、もちろん、お里だ。

「揃いも揃って、お糸、お糸、お糸って。怪我をしてるのは、あたしなんだよ。額の手拭いを見ればわかりそうなもんじゃないか」

万造と松吉は迷惑そうに——。

「それだけ、でけえ声で怒鳴れりゃ心配ねえだろうよ」

「ああ。それにお里さんなら、額の傷は箔《はく》がつくってもんでえ」

「あたしは渡世人《とせいにん》じゃないんだよ」

お里は八五郎を睨《にら》みつける。

「お前さん。少しは女房のことを心配したらどうなんだい。お前さんがそんなことだから、この二人が真似《まね》をするんじゃないか」

八五郎は、へっついの横に立っていた大家《おおや》の徳兵衛《とくべえ》に――。

「お、大家さんよ。屋根くれえ直してくれなきゃ困るじゃねえか」

万造と松吉も、話の矛先《ほこさき》を変えようとして、八五郎に加勢《かせい》する。

「そうでえ。それが大家の務《つと》めってもんだろうが」

「おおよ。見舞金《みめえきん》くれえは出してもらいてえなあ」

徳兵衛は顔を赤くする。

「そういうことは、店賃《たなちん》を払ってから言え」

徳兵衛は、お里とお糸に頭を下げる。

「申し訳なかった。世の中というものは道理に合いませんな。店賃を溜め込んでいるこの馬鹿《ばか》どもには板切れが当たらず、きちんと払っているお里さんと、お糸ちゃんに当たってしまうとは……」

「ふざけるねえ。おれたちに当たりゃよかったみてえな言い方じゃねえか」

徳兵衛は間髪《かんはつ》を容《い》れず――。

「当たりゃよかったみてえな、じゃなくて、当たればよかったと言ってるんだ」

お咲が割り込む。

「馬鹿なことを言い合ってるんじゃないよ。でもさ……」

お咲は独り言《ひとごと》のように呟《つぶや》く。

「このところ、この長屋で禍《わざわい》が多くないかい。ほら、大家さん。何日か前にドブ板が折れて足を挫《くじ》いたんですよね」

徳兵衛は井戸の前で、足を怪我している。

「ああ。あれは板が腐っていたんだ」

お里が額をおさえながら――。

「相模屋《さがみや》のご隠居《いんきょ》さんは、神棚《かみだな》が落ちてきて、もう少しで頭に当たるところだったらしいよ」

万造は首を傾《かし》げる。

「そりゃ、禍じゃなくて、運がよかったってことじゃねえのか」

「違《ちげ》えねえや」

お咲は真顔になる。

「卯之吉《うのきち》さんのところのお梅《うめ》ちゃん。熱を出して寝込んでるんだよ。昨夜《ゆうべ》も、うなされてたそうだ。それに、お千代《ちよ》さんは食あたり。何かの祟《たた》りかもしれないよ」

松吉は首を傾げる。

「母子《おやこ》揃って狐《きつね》にでも取《と》り憑《つ》かれたんじゃねえのか」

「お千代さんは狐って面《つら》じゃねえ。ありゃ、狸《たぬき》だ。わははは」

誰も万造と松吉の話に乗ろうとはしない。八五郎は腕を組んだ。

「こりゃ、何かあるのかもしれねえなあ……。お祓《はら》いでもした方がいいんじゃねえか」

徳兵衛は万造と松吉を睨みつける。

「お前さんたち、稲荷《いなり》の鳥居《とりい》に小便でも引っかけたんじゃあるまいな」

「大家さんちの引き戸にやったことはあるが、鳥居にはしてねえ。なあ、松ちゃん」

「ああ。おれも同じでえ。そういやあ、八五郎さんちの引き戸にもしたっけなあ」

八五郎は松吉に殴《なぐ》りかかろうとするが、佐平に止められる。相手にするなということだろう。お糸が唐突《とうとつ》に――。

「大家さん。この長屋が建つ前、ここには何があったんですか」

「お糸ちゃん。急にどうしたんだい」

徳兵衛はお糸に優しい。

「だって、この長屋のことを何も知らないから……。この前、夢を見たんです。この長屋が建つ前、ここは刑場《けいじょう》だったっていう……」

お里はのけ反《ぞ》る。

「刑場って……、罪人が首を斬《き》られるところかい」

お糸は頷《うなず》いた。大家は笑う。

「刑場と言えば、北の小塚原《こつかっぱら》、南の鈴《すず》ケ森《もり》じゃないか。お糸ちゃん。それは夢だ。気にすることはない」

お糸は納得がいかない様子だ。

「でも、不吉な夢だったんです。その刑場で首をはねられていたのは……」

一同は息を呑む。

「おとっつぁんだったんです」

八五郎は他人事《ひとごと》のように――。

「おとっつぁんねえ……。ふーん……。って、おれじゃねえか。縁起《えんぎ》でもねえことを言うんじゃねえ」

「でも、見たんだもん」

万造と松吉は、同時に腕を組む。

「死罪ってことは、きっと、どこぞの女を手込《てご》めにした上に……」

「ロうるせえ女房まで殺しちまったんだろうよ」

万造と松吉は、お里に向かって手を合わせる。

「ナンマンダブ、ナンマンダブ……」

「ふざけるねえ。人を罪人にしやがって」

「おまけに、あたしは殺されてるのかい。冗談じゃないよ」

お咲は、そんなやりとりには加わらない。

「でも、何かあるのかも……。刑場ってことはないだろうけど、お糸ちゃんの見た夢はまんざらでもないかもしれないよ。大家さんは何も知らないのかい。この長屋が建つ前のことを……」

「私が知っているのは、この長屋が建ってからのことだからな……。親父《おやじ》から聞いた話だと、ここは更地《さらち》だったらしいが……」

徳兵衛は唸《うな》る。

お咲は徳兵衛に尋ねる。

「確か、この長屋の地主《じぬし》は富岡八幡宮《とみおかはちまんぐう》近くの門前山本町《もんぜんやまもとちょう》の料理屋、仲膳《なかぜん》の主、文志郎《ぶんしろう》さんでしたよね」

「そうだ。文志郎さんの父親の代に長屋を建てて、私の親父が大家になったんだ」

「文志郎さんは、滅多《めった》に顔を見せませんよね」

「料理屋が忙しくて、長屋にまで目が届かないのだろう」

お糸も徳兵衛に尋ねる。

「この長屋は、どうして〝おけら長屋〟って呼ばれるようになったんですか」

お里が口を挟《はさ》む。

「そりゃ、貧乏人しか住んでないからだろう。一文無《いちもんな》しでお手上げってことさ」

徳兵衛はすまなそうな表情《かお》をする。もちろん、お糸に対してだ。

「私もよくわからんのだ。家主の顔がオケラに似てるからって話は聞いたことがあるが」

「そう言えば……」

「どうしたんだい、お咲さん」

「豆腐屋の婆《ばあ》さんから聞いたことがあるよ。昔ね、そこの角に桶屋《おけや》があったそうだ。だから、この長屋が建ったときは、桶屋の角を入ったところにあるから〝桶屋長屋〟って呼ばれてたんだって。で、貧乏人しか住んでないから、桶屋長屋が知らぬ間に、おけら長屋になったんだって」

八五郎は鼻で笑う。

「豆腐屋の婆は作り話の名人でえ。てめえは弁天様《べんてん》の生まれ変わりだと抜かしてやがる。豆腐屋の弁天様なんざ聞いたことがねえや。がんもどきみてえな顔しやがってよ」

この話はこれで終わると思いきや、まだ続きがあった。

二

徳兵衛を訪ねてきたのは、おけら長屋の地主、文志郎だ。

「これは、これは、文志郎さん。お珍しいことで……」

文志郎は他にも何軒か長屋を持っており、店賃が滞《とどこお》っている者が多いおけら長屋のことは野放《のばな》しだった。とっくに諦《あきら》めているのか、徳兵衛を責めることもなかった。店賃を取り立てるのは大家の仕事なので、徳兵衛は後ろめたさを感じている。

「申し訳ありません。店賃を溜めている者がおりまして……」

文志郎はそんな徳兵衛の詫《わ》び事《ごと》を軽く受け流す。

「いやいや。大家というのもなかなか苦労が多い仕事ですからなあ。今日は徳兵衛さんに話があってやってきました。上方《かみがた》の大店《おおだな》、六甲屋《ろっこうや》さんをご存知ですかな」

六甲屋と言えば、江戸でも知らぬ者はいない呉服問屋《ごふくどんや》の大店だ。

「その六甲屋さんが何か……」

「今度、江戸に店を出すそうです。本来なら日本橋《にほんばし》あたりに大きな店を出したいところなのだが、よい場所がない。両国《りょうごく》に手ごろな場所を見つけたそうですが、奉公人《ほうこうにん》を住まわせるには手狭《てぜま》だそうだ。そこで近くに奉公人が住むことができる長屋を探しているのです」

徳兵衛の心には暗雲《あんうん》が立ち込めてきた。

「徳兵衛さん。私はおけら長屋がよいと思っているのです。両国は目と鼻の先です。もちろん、こんな汚い長屋に奉公人を住まわせるわけにはいきません。長屋は建て替えます。その費用は六甲屋さんが出してくれるそうです。徳兵衛さんには、今まで通り、大家をやっていただきますよ。店賃集めに苦労することはなくなります。店賃は六甲屋さんで一括払いをすることになりますから。何せ、店子《たなこ》はみな、六甲屋さんの奉公人ですからね」

「おけら長屋の住人たちはどうなるのでしょう」

「そこなんですよ。徳兵衛さんから話してもらうわけにはいきませんか」

徳兵衛の顔は引きつる。

「ちょ、ちょっと待ってください。おけら長屋の住人たちは貧乏人ばかりです。ここよりも店賃が安い長屋を見つけることはできないでしょう。路頭《ろとう》に迷うことになります。私の口からそんなことは言えません」

「おけら長屋の住人たちのことは、いろいろと大目に見てきました」

温厚な文志郎だが、口調が厳しくなる。

「店賃のことだけではありません。何かと騒ぎを起こす、本所《ほんじょ》では知らぬ者はいない長屋です」

「で、ですが、徳兵衛さんだって手を焼いていたのではありませんか」

「徳兵衛さんは店子と言えば我が子も同然です。あの者たちを追い出して、私だけが大家を続けることはできません。それに……」

「それに、どうしたのですか」

「近々、おけら長屋に越してくる者もおります。今さら、そのような話はできません。何とか考え直してもらうことはできませんか」

「でもね、徳兵衛さん。この長屋もずいぶん古くなりました。近いうちに建て直さなければならないのは必定《ひつじょう》です。そうなれば、今までの店賃というわけにはいきません。それは徳兵衛さんだっておわかりのはずでしょう」

徳兵衛には返す言葉がなかった。

酒場三祐で呑んでいるのは万造、松吉、八五郎の三人だ。

万造は八五郎に酒を注ぐ。

「お里さんの具合《ぐええ》はどうですかい」

「怪我でもすりゃあ、ちったあ静かになると思ったがよ、相変わらずでえ」

「まあ、よかったってことじゃねえですかい」

万造は松吉の様子が気になるようだ。

「松ちゃん。どうしたんでえ」

「ああ……」

松吉は気のない返事をする。

「ま、まさか、松ちゃんにも、おけら長屋の祟りが……」

「そうじゃねえ。じつはよ、おれも昨夜《ゆんべ》、夢を見ちまってよ」

「ど、どんな夢でえ」

「お栄ちゃん。水をくれ」

松吉は喉《のど》が渇《かわ》いたのか、水を飲みほした。

「どこの長屋だかわからねえが、夜中に盗人《ぬすっと》が入《へえ》ってよ。そこには夫婦と子供が住んでたんだ。金を奪われた後に、命乞《いのちご》いをしてた。〟子供だけはお助けくださいってよ。だがよ、盗人は合口《あいくち》で両親《ふたおや》を殺しちまった。盗人は子供に向かって合口を振り上げる。子供は声も出せずに固まってやがった。その合口が子供に……ってとこで目が覚めた」

松吉は額に汗をかいている。

「おれは、その長屋がおけら長屋のような気がしてならねえ」

「馬鹿を言うねえ。おけら長屋でそんな出来事があったなんざ聞いたことがねえや」

「だからよ、今のおけら長屋が建つ前《めえ》の出来事じゃねえかと思うんでえ」

「つまり、おけら長屋が建つ前に、あの場所でそんなことがあったってことかよ」

「ああ。おれにはそんな気がする……」

万造は笑い飛ばす。

「わははは。そんなことがあるわけがねえ。そんな夢なんざ、だれだって見らあ。なあ、八五郎さんよ」

八五郎は震《ふる》えている。

「ど、どうしたんでえ。風邪《かぜ》でもひいて寒気がするんですかい」

八五郎は震える手で猪口《ちょこ》を置いた。

「じ、じつはよ。お、おれも、昨夜《ゆんべ》、夢を見たんでえ……」

万造と松吉は唾《つば》を呑み込んだ。

「長屋から、頬《ほ》っ被《かぶ》りをした男が出てきた。二人だ。肩に千両箱《せんりようばこ》を担《かつ》いでいやがった」

「盗人か……」

「だけどよ、長屋に千両箱なんざねえだろうよ」

「見たんだから仕方ねえだろ。それから、長屋から火の手が上がった。やつらが付け火をしやがったんでえ」

万造は唸る。

「そりゃ、松ちゃんが見た夢とつながってるんじゃねえか」

松吉は大きく頷く。

「おれもそう思う。八五郎さんよ、それからどうなったんでえ」

「半鐘《はんしよう》が鳴ってよ、長屋が燃えてた。その長屋から人が焼け出されてた。何人もの人が焼け死んだだろうよ」

三人はしばらく黙っていた。口火を切ったのは松吉だ。

「大家はこう言ってなかったか。地主が更地だったところに長屋を建てて、親父が大家になったってよ」

「ああ。そう言ってたな」

「こんなごちゃごちゃしたところに更地なんか、そうあるもんじゃねえ。なんで更地があるんだ……」

「火事だ」

三人が口を揃えて言った。八五郎は酒をあおる。

「間違《まちげ》えねえ。火事で焼けたところに、おけら長屋が建ったんでえ」

万造は低い声で――。

「そこでは、たくさんの人が焼け死んでる」

松吉も低い声で――。

「その前《めえ》には、一家三人が殺されてるんでえ」

万造と松吉は顔を見合わせる。そして同時に――。

「引っ越そう」

三人は立ち上がる。

「さっそく帰《けえ》って荷物をまとめようじゃねえか」

「まとめるほどの荷物はねえが、とりあえずは逃げ出すしかねえな」

「店賃を溜め込んでるし、丁度いいじゃねえか」

お栄が立ちはだかった。

「冗談じゃないわよ。ここの払いはどうしてくれんのよ。ツケだって溜まってるんだからね」

八五郎は尻《しり》っ端折《ぱしよ》りになっている。

「うるせえ。そこをどきやがれ。祟られるのは御免被《ごめんこうむ》りてえからな」

お栄は両手を広げたまま――。

「夢で見たってだけでしょう。まだ本当の話だと決まったわけじゃないんだから」

万造は座り直す。

「松ちゃんの見た夢が、八五郎さんの夢につながるなんて偶然があるわけねえだろう。おけら長屋は呪《のろ》われてるんでえ。わははは」

八五郎は怪訝《けげん》そうな表情《かお》をする。

「何がおかしいんでえ。呪われてるってえのによ」

「まあ、そんなことが嘘《うそ》か本当かは知らねえが、話を大きくすりゃ、店賃をまけさせることができるかもしれねえ。なあ、松ちゃん」

「そいつぁいいや」

八五郎は笑わない。

「だが、本当だったらどうするんでえ。呪い殺されるかもしれねえんだぞ」

「そりゃ、それで面白《おもしれ》えじゃねえか」

厨からのっそりと出てきたのは、主の晋助だ。

「回向院《えこういん》の裏手に烏山《からすやま》神社って小さな神社があるだろう」

八五郎は首を傾げる。

「鳥山神社……。知らねえなあ」

万造は小さく頷く。

「ああ。確か、赤《あけ》え鳥居が立ってたっけなあ」

松吉も思い出したようだ。

「その鳥山神社がどうしたんでえ」

晋助は前掛けで手を拭《ふ》くと、酒樽《さかだる》に腰かけた。

「あそこの神主《かんぬし》に七、八歳の娘がいてよ、いろんなことがわかるらしい」

「何でえ、いろんなことって……」

「だから、その……、幽霊とか、祟りとか、呪いとか……、そういう類《たぐい》のことでえ。この前《めえ》も、北森下町《きたもりしたちょう》の大黒屋《だいこくや》が世話になったそうだ。店《たな》で禍が次々に起こってよ。女中《じょちゅう》の不始末で小火《ぼや》を出しちまう。盗人に入《へえ》られて金を盗《と》られる。番《ばん》頭《とう》が卒中《そっちゅう》で倒れる。旦那《だんな》は妾がいることをお内儀《ないぎ》に知られ、そのお内儀は尻《しり》の穴にイボができて歩くこともできなくなっちまったそうだ」

「散々じゃねえか」

「で、その娘のところへ行ったそうでえ。何かの祟りじゃねえかってな」

三人は息を呑む。

「娘はこう言ったそうでえ。ご先祖様が怒っている。仏壇の下を見ろ、ってよ。主は帰《けえ》って仏壇を調べた。すると、仏壇の下でネズミが死んでたそうだ」

万造は感心する。

「なるほどねえ。そりゃ、ご先祖様も怒るってもんでえ。位牌《いはい》の下にネズミの死《し》骸《げえ》があったんじゃ心持ちがよくねえや」

松吉はその続きが訊《き》きたいようだ。

「それでどうなったんでえ」

「仏壇を新しくして、畳《たたみ》も張《は》り替《け》えて、仏間《ぶつま》を浄《きよ》めてよ。そうしたら、禍はピタリと起こらなくなったそうだ」

八五郎は腕を組む。

「七、八歳の娘がねえ……」

「あの神社の娘には、代々そういう不思議な力があるそうでえ。今の神主は養子なんだが、娘の母親もすごかったらしい。だが、大人になると、その力はなくなっちまうんだと。あの娘はまだ子供だから、当分は大丈夫《でえじょうぶ》なんじゃねえか」

三人はその足で、徳兵衛を訪ねた。


話を聞いた徳兵衛は驚く。

「人殺しに火事だと〜。そんな話は聞いたことがないが……」

八五郎は神妙《しんみよう》な表情《かお》だ。

「間違《まちげ》えねえ。そうでなきゃ、松吉とおれが、あんな夢を見るわけがねえ」

「お前さんたちは、安い酒でも呑みすぎたんじゃないのか」

松吉もいつになく真面目《まじめ》な表情だ。

「それじゃ、お糸ちゃんの見た夢は何なんでえ」

徳兵衛は、お糸の名を出されると弱い。

万造は声を低くした。

「祟りだ。大家さん。この場所でたくさんの人が死んでるんですぜ。それも成《じよう》仏《ぶつ》できるような死に方じゃねえ。呪われてるんですよ、この長屋は……」

一同はしばらく黙っていた。徳兵衛が小さな声で——。

「一度、その娘さんから話を聞いてみた方がいいかもしれんな」

八五郎は前のめりになる。

「そうしましょうや。それで、礼金のことなんですがね、どれくれえ払えばいいんでしょうかね」

「決まった金額があるわけではないだろう」

万造は間髪を容れずに――。

「この長屋が祟られているとすりゃ、その責めは大家にある。おれたち店子は災難に遭《あ》ったも同じでえ」

松吉も続く。

「お里さんとお糸ちゃんが怪我をしたのも、家主や大家が屋根を直しておかなかったからでえ。つまり神社に払う礼金は、大家さんが払うってことでいいですね」

徳兵衛の頭には文志郎の顔が浮かんだ。文志郎が持ち込んできた話も祟りなのかもしれない。

「仕方ない。だが、烏山神社には私も行くぞ。お前さんたちに礼金を渡して行かせたら、神社につく前に呑まれてしまうかもしれんからな」

八五郎は頭《かぶり》を振る。

「冗談じゃねえ。そんなことをしたら祟られらあ。神社に行くなら早《はえ》え方がいい。明日にでも行きましょうや」

翌日の午後、四人は烏山神社を訪ねた。

三

烏山神社は赤い鳥居の奥に小さな社殿がある。声をかけると、中から神主の恰《かっ》好《こう》をした男が出てきた。徳兵衛は事情を話す。

「……、というわけでして、私どもの長屋で、どうしてよくないことが続いて起こっているのか、こちらの娘さんにみていただきたいと思いまして……」

「そうですか。それでは、中に入って座ってください。娘を呼んでまいりますので。この紙に長屋の名前と場所を書いておいてください」

四人は並んで正座《せいざ》した。しばらくすると、女の子が連れられてきた。どこにでもいる女の子だ。

「やだよ。まだ、お美代《みよ》ちゃんたちと遊びたいよ。おままごとでやっとお姫様の役が回ってきたんだから」

「わがままを言うな。お前はこの神社の稼《かせ》ぎ頭《がしら》なんだぞ。おまんまが食べられなくなってもいいのか……。えー、娘です」

四人は唖然《あぜん》としている。

「この娘《こ》は、当社でお祀《まつ》りしている白いカラスの生まれ変わりなのです。この方々の前に座りなさい」

娘は、無理矢理四人の前に座らされた。徳兵衛は——。

「私は亀沢町《かめざわちょう》にあるおけら長屋の大家、徳兵衛と申します。私どもの長屋では……」

「何も喋《しゃべ》らないでください」

神主が徳兵衛を制した。

「白カラ様の心が乱《みだ》れます」

万造は松吉の脇腹を肘《ひじ》で突《つっ》く。

「何でえ〝しろから〟ってえのはよ」

「白いカラスを略してるんじゃねえのか。大工《でえく》の熊五郎《くまごろう》を〝だいくま〟って呼ぶのと同じだろうよ」

嫌々《いやいや》ながらも、娘は手を合わせて呪文《じゅもん》を唱《とな》える。しばらくすると身体《からだ》が揺れ出し、前のめりに倒れた。そして、ゆっくりと起き上がる。娘の顔つきは変わっていた。

「娘は今、白カラ様になりました」

白カラ様は万造、松吉、八五郎の顔を見つめると、いきなり笑いだした。

「カァハハハ。カァカァ」

それは大人の女の声だった。松吉は囁く。

「どうやら、カラスの笑い方みてえだな」

神主は焦《あせ》る。

「ど、どうなさいましたか、白カラ様」

白カラ様は万造、松吉、八五郎を指差して笑い転げる。

「この者たちは……、カァハハハハ。面白い者たちだ。カァハハハ。カァカァ」

「白カラ様。落ち着いてください」

「ピンゾロの丁《ちょう》……。カァハハハハ。外《はず》れている。外しまくっている。それから……。吉原《なか》の女郎《じょろう》に振られて待ちぼうけ……。カァハハハハ。カァカァ」

万造、松吉、八五郎の三人は背筋《せすじ》が凍《こお》りつく。数日前、鉄火場《てっかば》で負けが続き、一文無しになったのだ。その数日前は、吉原《よしわら》に繰り出したものの、お目当ての女郎が現れず、うなだれて帰ったのだ。万造は囁く。

「どうやら、白カラ様は紛《まが》い物《もん》じゃねえようだ」

「ああ。最後はピンゾロで一文無しになったんだからよ。なあ、八五郎さん」

「まったくでえ。それにこんなガキが吉原の女郎なんざ知ってるわけがねえ」

神主は慌《あわ》てる。

「白カラ様。この者たちのことはどうでもよいのです。この者たちが住む長屋のことをみてほしいのです」

神主は、白カラ様の前に、おけら長屋の名前と場所が書かれた紙を差し出した。その紙を見つめていた白カラ様の笑いはピタリと止まった。そして両手で首をおさえて苦しみだす。

「カッ。カッ。カッ。く、苦しい。こ、この長屋は呪われている。呪われているのじゃ。このままでは、この長屋で暮らす者たちはみな、狂い死ぬ」

四人は真っ青《まっさお》になる。徳兵衛は詰め寄る。

「ど、どういうことなのでしょうか。刑場でしょうか。盗人の人殺しでしょうか。火事でしょうか」

徳兵衛は神主に止められる。白カラ様は息を整える。

「多くの者が苦しんでいる。どうして苦しんでいるのかはわからない。闇《やみ》の中から、苦しむ声が聞こえてくる」

白カラ様は紙を見つめる。

「この長屋の守護は飴売《あめう》りだった。その飴売りがいなくなった今、この長屋を守る者はいなくなった」

白カラ様は目を閉じて黙っている。万造は小声で――。

「飴売りって、先月、引っ越した飴売りの伴蔵《ともぞう》のことじゃねえのか」

「黙りなさい！」

白カラ様は大声で怒鳴った。

「守護にもいろいろある。飴売りは魔にさえ嫌われる者だったのだ。それをお前たちが……」

白カラ様は、万造、松吉、八五郎を睨みつけた。

「お前たちのせいだ。だが……」

四人は白カラ様の言葉を待った。

「東から金色《こんじき》の光が射《さ》す。忘れるでない。金色の光だ……」

徳兵衛はまたしても詰め寄る。

「東からとはどういうことでしょうか。金色の光とは何でしょうか。お教えください」

「そんなことは知らぬ」

「そんなご無体《むたい》な。礼金を払うのですから、ちゃんと教えてください」

「うるさい。そんなことは、カラスの勝手じゃろ。カァカァ」

白カラ様は前のめりに倒れた。そして起き上がる。

「それじゃ、お美代ちゃんたちと遊んでくるね」

四人は走り去る娘を、茫然《ぼうぜん》と眺《なが》めていた。

万造と松吉と八五郎は、その足で酒場三祐に寄った。八五郎は吐き捨てるように――。

「伴蔵が魔除《まよ》けになっていたとはな……」

三人はしばらく黙っていた。

「しかし、八五郎さんも余計なことをしてくれたもんだぜ。なあ、松ちゃん」

「まったくでえ。何もあそこまでやるこたあねえだろうが」

八五郎は徳利《とくり》を叩きつけるように置く。

「ふ、ふざけるねえ。おれを焚《た》きつけたのは、おめえたちじゃねえか」

飴売りの伴蔵は三十近い独り者で、おけら長屋の嫌われ者だった。いつも斜《はす》に構えていて、嫌味《いやみ》な物言い、ねちっこく、往生際《おうじようぎわ》が悪く、小心者。江戸《えど》っ子にあるまじき男だった。八五郎、万造、松吉とは犬猿《けんえん》の仲だ。

その伴蔵が大金を手にした。噂によると、富《とみ》くじで三等の五十両《りよう》が当たったとのことだ。

伴蔵は料理屋に折詰《おりづめ》の料理を頼み、酒をつけておけら長屋の住人たちに配った。八五郎と万造と松吉が酒場三祐にいることは承知のようで、伴蔵は折詰を抱《かか》えてやってくる。

「八五郎兄《あに》いも食べておくんなさいよ」

八五郎は伴蔵と目を合わせようともしない。

「いらねえよ。持って帰《けえ》んな。それに、おめえから兄い呼ばわりされるほど、落ちぶれちゃいねえ」

伴蔵は折詰を八五郎の近くに置く。

「そんな強がりを言わなくたっていいじゃねえですかい。あらら。いい大人が、酒の肴は沢庵とメザシだけですかい。遠慮しねえでくだせえよ」

八五郎は猪口を叩きつけるように置く。

「うるせえ。おめえが気前《きめえ》のいい、さっぱりとした野郎《やろう》だったら、遠慮なくゴチになろうじゃねえか。だが、おめえは違う。ことあるごとに〝おれが食わせてやった〟とほざき、あちこちで〝おれが奢《おご》ってやった〟と恩着せがましいことを言いふらすに決まってらあ。江戸っ子ってえのはなあ、そんな胸糞《むなくそ》の悪《わり》いもんは食わねえんだよ」

　万造と松吉は、そっと折詰を引き寄せ、紐《ひも》を解《ほど》くと、お栄も一緒になって中の料理を皿に移す。

「八五郎さん。江戸っ子、江戸っ子って、馬鹿のひとつ覚えみてえによ。本当は涎《よだれ》が垂《た》れてるんじゃねえのかい」

　伴蔵の言葉に、八五郎の顔から血の気《け》が引く。怒ったときの八五郎の顔は赤くなるが、青白くなるともう手がつけられなくなる。八五郎はゆっくりと立ち上がる。

「伴蔵さんよ。そりゃ、おれに喧嘩《けんか》を売ってると思っていいんだな」

　伴蔵は後退《あとずさ》りをする。調子に乗っていたが、喧嘩になったら八五郎に勝てるわけがない。料理を移し終えたお栄は、空《から》になった折詰に、さっき帰った客の食い残しを入れて、紙で包み、紐を結ぶ。そして、元の位置に戻す。万造と松吉は、それを確かめてから、八五郎の耳元で囁く。

「八五郎さん。いい機会じゃねえか。伴蔵の野郎をおけら長屋から叩き出しちまいましょうよ」

「それができるのは、八五郎さんしかいませんぜ」

八五郎は床《ゆか》に飛び下りると、伴蔵の襟首《えりくび》を締《し》め上げる。

「おけら長屋ってえのはな、貧乏人しか住めねえんだよ。伴蔵さんのようなお大《だい》尽《じん》が住むところじゃねえ。とっとと出ていきやがれ」

八五郎は伴蔵を表に叩き出し、折詰を投げつけた。万造、松吉、お栄は手を叩いて、八五郎を席に迎える。

「さすがの男っぷりだぜ」

「ああ。痺《しび》れるねえ」

お栄は皿に盛られた料理を出す。

「これはあたしから。あたしも、あの伴蔵って人は大っ嫌いだったから。遠慮しないで食べてね」

八五郎は目を輝かせる。

「豪勢《ごうせい》な料理じゃねえか。こんな汚《きたね》え店にこんな料理があったとはなあ」

八五郎はむさぼるようにして料理を食べる。

伴蔵はその夜、おけら長屋から姿を消した。元より、大金を手にした伴蔵はおけら長屋から越すつもりだったようだが……。八五郎の家の前には、食い残しがぶちまけられていた。


酒場三祐に顔を出したのは八五郎の女房、お里だ。

「やっぱり、ここにいたのかい。大家さんの様子がおかしいんだよ」

八五郎は、ほろ酔《よ》い気分だ。

「まさか、カラスの声で鳴くわけじゃあるめえ」

万造と松吉は大笑いする。

「八五郎さんにしちゃ、洒落《しゃれ》たことを言うじゃねえか。なあ、松ちゃん」

「ああ。年に一度のことだけどよ」

お里は笑わない。

「そ、そうなんだよ。身体が震えだして、〝カァ〜〟って鳴いてる」

「な、何だと〜」

三人は同時に大声を出した。

「さっき、そこで別れたばかりじゃねえか」

お里は座敷《ざしき》に上がり込んで、八五郎の半纏《はんてん》を引っ張る。

「とにかく、帰ってきておくれよ。さあ。あんたたちもだよ」

三人は渋々《しぶしぶ》、立ち上がった。


翌日になっても、徳兵衛の身体の震えは止まらなかった。

徳兵衛の枕元では、万造、松吉、八五郎、お里がとぐろを巻いている。

「呼んできた方がいいんじゃねえのか」

万造の言葉に八五郎が――。

「白カラ様をか？」

「そうじゃねえ、坊主《ぼうず》と棺桶屋《かんおけや》だ。そう長くはもつめえ」

お里は万造の背中を叩く。

「縁起でもないことを言うんじゃないよ。呼ぶなら医者だろう。海辺大工町《うみべだいくちょう》まで行って聖庵《せいあん》先生を呼んでこようか」

松吉は腕を組む。

「医者じゃ、治《なお》せねえよ。祟りだからな。そうだ。塩を身体中に振りかけるってえのはどうでえ。お浄めになるかもしれねえ」

「胡瓜《きゅうり》を塩漬けにしてるんじゃないんだよ。で、でもさ……」

「どうしたんでえ」

「次は、あんたたちかもしれないよ。だって、まだ、あんたたちは祟られてないだろう」

　八五郎は震える。

「そら見なさいよ。震えだしたじゃないのさ」

「こ、こ、これは怖くて震えてるんでえ。祟りじゃねえ」

　そこに入ってきたのは、お咲だ。

「大家さんのところにお客さんだよ」

「お客って……、だれだい？」

「それがね……、男の人なんだけど、よくわからないんだよ……」

「大家さんは具合が悪いんだ。出直してくれるように言っておくれよ」

「そうは言ったんだけどさ……。通じないんだよ。それに、出直してくれとは言えないよ。布団《ふとん》と箪笥《たんす》と天秤棒《てんびんぼう》を背負《しょ》って、右手に漬物石《つけものいし》を持って、左手に行灯《あんどん》を持ってるんだからさ」

「いったい、何人で来てるんだよ」

「一人だよ」

「一人でそんなに背負ったり、持ったりできるわけがないだろう」

「だって、背負って、持ってるんだから仕方ないだろう」

万造が口を挟む。

「とりあえず、入《へえ》ってもらえや」

お咲は外に出て、その者を呼び込む。

「どうぞ、お入りください」

すさまじい音がした。布団や簞笥を背負ったまま引き戸から入れるはずもなく、男は後ろに引っ繰り返る。右手に持っていた漬物石は男の頭に落ちた。お咲は目を覆《おお》う。漬物石は真っ二つに割れたが、男の頭は無傷のようだ。男はそのまま起き上がると、また引き戸から入ろうとする。またしても簞笥がぶつかり、男は引っ繰り返る。今度は左手に持っていた行灯が男の頭に落ちた。行灯は木っ端《こっぱ》微塵《みじん》に壊れたが、男は無傷だ。また起き上がると、引き戸から入ろうとする。

「何をやってんだ、あの野郎は……。だれか布団と簞笥を下ろしてやれや」

万造と松吉が男に駆け寄って、布団と簞笥と天秤棒を背中から外した。

「とりあえずここに座れ。おめえは何者《なにもん》でえ。何しにここに来やがった」

「とりあえず、名前《なめえ》を言え。名前を」

男は少し考えてから――。

「名前は……、名前は……、ポチだ。唐茄子《とうなす》（かぼちゃ）はいらねえか」

万造は真っ二つに割れた漬物石を見る。

「頭をぶつけて、おかしくなりやがった。無理もねえ。こんな硬《かて》え漬物石が当たったんなら、間違《まちげ》えなく、お陀仏《だぶつ》になるってもんだからよ」

松吉は男の肩を揺する。

「おめえ、大丈夫《でえじょうぶ》か。どこから来たんだ。だ、だからよ、生まれはどこなんでえ」

男は少し考えてから――。

「生まれ……。生まれはイタチだ。おいらはイタチの国からやってきた」

松吉はみんなの方を見て〝駄目だ〟と首を横に振る。

「しっかりしろ。おめえはここに何をしに来たんでえ。落ち着いて、よーく思い出してみろ」

男は少し考えてから――。

「伯父さんは女で、伯母《おば》さんは男か？　ポチは猫で、タマは犬か？　唐茄子はいらねえか」

「伯父さんってえのは、どこの伯父さんでえ」

「江戸の女の伯父さんだ。八百屋《やおや》の八百屋で八百屋を八百屋な伯父さんだ。唐茄子はいらねえか。二つ買ってくれたら、高くしてやるぞ」

徳兵衛が布団を捲《めく》った。

「イタチの国……。唐茄子……。八百屋……。伯父さん……。お前さんは、もしかしたら金太《きんた》さんではありませんか」

男は少し考えてから――。

「そうだ。おいらは金太だ。ポチじゃねえ。タマでもねえ。唐茄子はいらねえか」

「大家さん、この人を知ってるのかい」

お里が尋ねると、徳兵衛は起き上がる。

「おけら長屋に越してくる人がいると言っただろう。確か……、常陸国《ひたちのくに》の生まれで、伯父さんが江戸で八百屋をやっていたと聞いた。そこで八百屋の修業をしていたんだが、伯父さんが亡くなって、独り立ちするというのでここに越してくると……。伯母《おば》さんと一緒に来ると聞いていたがな……」

お咲は金太に――。

「あんたは金太さんなんだね。伯母さんはどうしたんだい……。きゃ〜。し、死んでる……。漬物石に頭をぶつけたのが原因《もと》で死んじまったよ」

松吉は金太に近寄る。

「死んでる野郎が鼻から提灯《ちょうちん》を膨《ふく》らませてるわけがねえだろ。こいつ、居眠りをしていやがる。なんて野郎だ」

松吉は金太を揺り起こす。

「おい。寝てる場合じゃねえだろう。おい、起きろ」

金太は目を開く。

「あけましておめでとうございます」

松吉はみんなに向かって――。

「聖庵先生を呼ばなきゃならねえのは、大家じゃなくて、この野郎の方だぜ……。って、大家さんよ。身体の震えはどうしたんでえ」

一同は徳兵衛に目をやる。一番驚いたのは徳兵衛のようだ。

「止まっている。震えが止まっている……。自分でも気がつかなかった……。この際、私のことはどうでもいい。その人を運んで寝かせてくれませんか。万造の家の隣だ。少し休めば、正気に戻るかもしれない」

万造と松吉とお咲が、金太と荷物を家に入れて戻ってきた。松吉が何気に――。

「そういや、白カラ様が言ってたじゃねえか。東から金色の光が射すってよ。そりゃ、伴蔵に代わる新しい守護の神じゃねえのか」

その話は、お里とお咲も聞いている。

「ここからみりゃ、常陸ってえのは東だろ」

「金色の光が射すって、その〝金〟っていうのは、あの金太さんのことじゃないのかい」

八五郎は笑い飛ばす。

「あんな野郎が守護の神なわけがねえだろ」

万造はいつになく真面目な表情《かお》で——。

「だが、あの野郎が来た途端に、大家の震えが止まったぜ。たまたまとも思えねえ」

一同が考え込んでいると——。

「そ、そうだ！」

お咲が大声を出した。

「思い出したよ。これを大家さんに言おうと思って帰ってきたら、あの金太って人に会ったんだよ。ちょうどいい。みんなにも聞いてもらいたい話だから。芋売《いもう》りの竹《たけ》さんから聞いたんだけど、あたしたちは、おけら長屋から追い出されるそうだよ」

一番驚いたのは徳兵衛だ。

「それは本当の話なのか。私は何も知らんぞ」

「何でも、六甲屋って上方の大店が両国に店を出すそうで、おけら長屋を建て直して奉公人たちを住まわせるって。もう、地主は六甲屋の主と取り決めちまったそうじゃないか。そうだ。それに、大家さんにも話してあるって」

一同は一斉《いっせい》に――。

「知ってんじゃねえか」

お里の顔は引きつる。

「そ、その話は間違いないんだろうね」

「竹さんは、地主がやってる料理屋に芋を卸《おろ》してるんだよ。地主から直《じか》に聞いたってんだから間違いないよ」

万造、松吉、八五郎は、徳兵衛に詰め寄る。

「ど、どういうことでえ。なんとか言いやがれ」

「何で、そんな大事《でえじ》なことを黙っていやがったんだ」

「大家さんよ。そんなことになったら、おれたちはどこに住めばいいんでえ」

お咲は続ける。

「それに大家さんは、新しくなった長屋にそのまま大家として残れるっていうじゃないか」

三人は徳兵衛に襲《おそ》いかかる。

「善人面《ぜんにんづら》しやがって。そんな薄情者《はくじょうもん》だったとは知らなかったぜ」

「見損《みそこ》なったぜ。この野郎」

「てめえだけが甘《あめ》え汁を吸おうって魂胆《こんたん》か。この因業《いんごう》大家が」

徳兵衛は三人の手を振り解こうとする。

「く、苦しい。て、手を離せ。や、やめろ」

お咲は焦る。

「ま、まだ、続きがあるんだよ。大家さんはね、あたしたちを追い出して、自分だけが大家として残ることなんかできない。考え直してくれって頼んでくれたそうだよ」

三人は手を止める。万造は徳兵衛の肩を揉《も》み、松吉は徳兵衛の服の埃《ほこり》を払い、八五郎は……、何かをしようとするが、何も思い浮かばない。

「さすがは大家さんでえ。見直したぜ」

徳兵衛は三人の手を乱暴に払い除《の》ける。

「だいたい、お前さんたちが店賃を溜めるから、こんなことになるんだ。文志郎さんにそこを突かれると、私も言い返すことができなくなるんだよ」

「そんなら、大家さんが立て替えて払っておきゃいいじゃねえか」

「冗談を言ってる場合じゃない。何か手立てを考えなければ、本当に追い出される羽目《はめ》になるぞ……。とはいえ、私にもどうすればよいのかわからんのだ」

徳兵衛は大きな溜息をついた。


翌日、おけら長屋を訪ねてきたのは金太の義理の伯母、お助《すけ》だ。

「そうですか。あたしは今日、金太と一緒にこちらに来るつもりでしたが、昨日《きのう》から金太がいなくなりまして……。そうですか。よく一人で来れたね……。い、いや、何でもありません」

徳兵衛は言いにくそうに――。

「それが昨日、金太さんは漬物石が頭にぶつかって、その……、自分のことがよくわからなくなっているようなのです」

「そうですか……」

お助は平然と答える。

「そうですかって、驚かないのですか。頭を打って、正気ではなくなっているのですよ」

「ちなみに、大丈夫なのでしょうか」

「ですから、大丈夫ではないと言っているでしょう」

「いや、あたしが訊いているのは漬物石の方です」

「漬物石は真っ二つに割れました」

「そうでしょうねえ……」

　そこにやってきたのは、万造、松吉、八五郎だ。

「大家さんよ。やっぱり聖庵先生を呼んだ方がいいかもしれねえ」

「話がまるで通じねえ」

「名前《なめえ》も、金太なのか、ポチなのか、タマなのかはっきりしねえ」

　お助は申し訳なさそうに――。

「ポチは、うちの犬で、タマは隣の家の猫です」

　三人はお助に気づく。

「……。こちらは？」

「金太さんの伯母さんで、お助さんだ」

お助は軽く会釈《えしゃく》をする。

「金太のことですが……。じつは……、漬物石を頭にぶつける前から、その、あなんです。もしかしたら、ぶつけてから少しよくなったかもしれません」

一同はしばらく考えていたが——。

「……、すると、つまり、その……」

お助は手をついた。

「金太はそういう男なんです。ですが心根《こころね》の優しい男なんです。どうか、みなさん。面倒《めんどう》をみてやってください。お願いします」

万造と松吉は大笑いする。

「心配《しんぺえ》いらねえよ。ここに住んでる奴《やつ》らは、どいつもこいつも同じようなもんだからよ」

「違《ちげ》えねえや。それに、あの金太って野郎はこの長屋の守護……、つまり、その、なくてはならねえ野郎なんだからよ」

顔を上げたお助の目からは涙が溢《あふ》れている。

「ありがとうございます。本当にありがとうございます」

お助はまた手をついた。

「金太は常陸国から出てきて、うちで八百屋の修業をさせていたんですが、何せ、あの通りの男でして。一人暮らしをすると本人も言うもんで探していたんですが、どこの長屋でも断られてしまいまして……。そんなときに、おけら長屋の噂を聞きました。お節介《せっかい》……、い、いや、情け深い人ばかりが暮らしていると……」

八五郎は笑った。

「気にすることたあねえよ。それに、馬鹿な貧乏人が暮らしてるってんだろ。その通りでえ。金太のこたあ、任せておけや。おけら長屋を選んでくれるなんざ、江戸っ子冥利《みょうり》に尽きるってもんでえ。なあ、大家さんよ」

徳兵衛は何も言わずに微笑んだ。

金太が越してきてから、おけら長屋では穏《おだ》やかな日々が続いている。だが、そんな日々は長くは続かない。地主の文志郎が六甲屋の主を連れて、おけら長屋に徳兵衛を訪ねてくるという。それを聞いた長屋の住人たちは色めき立つ。

「大家さんよ。どうするつもりでえ。おれが叩き出してやってもいいんだぜ」

八五郎はすでに喧嘩腰だ。

「馬鹿を言うな。そんなことをしたら相手の思う壺《つぼ》だ。みんなでお願いするしかないだろう。そうすれば気持ちが通じるかもしれない」

万造は鼻で笑う。

「ふん。金持ちの地主や、大店の主が、おれたち貧乏人の話なんざ、まともに聞いてくれるわけがねえ」

「万ちゃんの言う通りだぜ。要するに、ここに奉公人が住む長屋は建てたくねえと思わせりゃいいんだろ。ここは、おれと万ちゃんに任せてもらいてえ。だが、みんなが力を貸してくれなきゃできねえことだ」

八五郎は組んでいた腕を解いた。

「駄目で元々でえ。他に手立てがねえなら、おめえたちに乗るしかねえな。そうだろう、みんな」

一同は頷く。

「大家さんにも力を貸してもらうことになりそうだな。おう、万松《まんまつ》。しくじったら許さねえからな」

「まあ、任せておきなって」

松吉は自分の胸を拳《こぶし》で叩いた。

お咲が走り込んで来る。

「き、来たよ。地主の文志郎さんと、もう一人。きっと、六甲屋の主だよ」

稲荷の近くに立っていた徳兵衛は、大きく息を吸い込んだ。そして、ゆっくりと吐く。

「わかった」

徳兵衛は二人を出迎えるために、路地にある壊れかけた門まで進んだ。徳兵衛を見つけた文志郎の表情《かお》はほころぶ。

「おお、これは、これは、徳兵衛さん。こちらは、六甲屋のご主人、円蔵《えんぞう》さんです」

円蔵は、徳兵衛に近づくと断りもなく手を握る。

「徳兵衛はんでっか。おおきに、おおきに。円蔵でおます。儲《もう》かりまっか」

円蔵は歯を剝《む》き出しにして笑う。そして、自分から握っておきながら、徳兵衛の手を振り解くと、長屋に向かって勝手に歩きだす。

「これが、おけら長屋でっか。汚いなあ。よろしゅおま。わてが新しい長屋に建て替えますさかいに。儲かりまっか」

「ですが、この長屋には、まだ暮らしている者たちがおりまして……」

「心配いりまへんがな。立《た》ち退《の》き料は用意させてもらいますさかいに。三両も払えば、渡りに船ってやつでっしゃろ」

「三両も……。それは、渡りに船どころか、みな、先を争って出ていくことでしょう。私の家は、一番奥でございますので、どうぞ……」

三人は奥へと進んでいく。突然、引き戸が開き、松吉が自分の首を両手で絞めながら転がり出てくる。

「ぐあ〜。ぐ、苦しい〜。ぐぐぐあ〜」

松吉は口から緑色の液を吐いた。昨日、お里とお咲が、茶に味噌《みそ》やヨモギを練り込んで作ったものだ。恐ろしく苦《にが》いので芝居《しばい》をしないで済む。その姿を見て、文志郎と円蔵は立ちすくむ。

「ど、どないしはりましたんや。儲かりまっか」

松吉は吐きながら転げ回る。引き戸が開いて何人かの住人たちが出てきた。そして、苦しむ松吉に向かって手を合わせ、松吉に向かって塩を投げかける。

「祟りじゃ～。祟りじゃ～。祟りじゃ～」

徳兵衛は何事もなかったように——。

「さ、奥へどうぞ」

「奥へどうぞって、徳兵衛はん。こ、これは……」

「この長屋ではよくあることですから。さ、どうぞ」

文志郎と円蔵は、何度も振り返りながら進んでいく。

「さ、こちらでございます」

文志郎と円蔵が徳兵衛の家に入ると、奥の座敷には白い着物を着た女の子が座っている。徳兵衛はその女の子に向かって深々と頭を下げた。

「これはこれは、白カラ様。いらしてたんですか」

徳兵衛は文志郎と円蔵に――。

「このお方は、烏山神社の娘さんで白いカラスの生まれ変わりなのです。この長屋は祟られているそうで、お祓いをお願いしています。この数日の間にも、病《やまい》、怪我、小火《ぼや》、事故など不吉なことが次々と起こっているのです」

白カラ様は前に倒れると、ゆっくり起き上がる。

「お前たち」

それは大人の女の太い声だった。白カラ様は文志郎を指差した。

「お前は富岡八幡宮の門前にある仲膳の主か。お前の店では客が食べ残した料理を、もう一度、盛り直して客に出しておるな。カァカァ」

文志郎は心《しん》の臓《ぞう》が止まりそうになる。本当のことだからだ。

「酔って正体をなくした客には、酒を薄めて出しているであろう。そのようなことが許されると思うか、カァカァ」

文志郎はよろける。

「そして、お前だ」

白カラ様は、円蔵を指差した。

「お前は店の、お土岐《とき》という女中に手をつけておるな。それだけではない。お美《み》沙《さ》という女中にもだ」

円蔵の心の臓は止まりそうになる。本当のことだからだ。

「それから、お冴《さえ》にも、お力《りき》にも、お巻《まき》にも。五人の女中に、女房が死んだら後《のち》添《ぞ》えにしてやると言っているであろう。カァカァ」

円蔵はよろける。徳兵衛は白カラ様の近くに寄り、耳を近づけ、振り返る。

「早々にここから立ち去れと申されています。この地に関わるな。カァカァ」

白カラ様はそう鳴くと、前にぱたりと倒れた。……かと思うと、起き上がる。

「お美代ちゃんが回向院の境内《けいだい》で待ってるから。じゃあね〜」

女の子に戻った白カラ様は外に飛び出していく。それがまた不気味さに拍車《はくしゃ》をかける。

白カラ様が出ていくと、引き戸が勝手に閉まり、ガタガタと音を立てて震えだす。

「な、なんでっか。どないしたっちゅうのや」

お里や、お咲が引き戸を揺すっているのだ。

「祟りです。この長屋の者たちは、ずっと苦しめられているのです。病になっても、怪我をしても死ぬこともできずに、苦しめられ続けるのです」

徳兵衛は急に明るい表情《かお》になる。

「さて、文志郎さんに円蔵さん。この長屋を建て直すのは、いつごろからになるでしょうか。住んでいる者たちに三両の件も話さなければなりませんので」

円蔵は震えている。

「そ、そ、そりゃ、そうや。そやけど、住んでる人もおるのやから、急《せ》かすのも難儀やろう。なあ、文志郎はん」

「そうですな。この話は、また、ゆっくりとさせてもらいましょう」

逃げるように徳兵衛の家から出た文志郎と円蔵は、井戸に向かって足早に歩く。長屋のどぶの脇では、松吉が苦しみ、万造が血を吐き、八五郎が泡を噴き、住人たちは手を合わせる。そこに出てきたのは金太だ。金太は井戸から水を汲《く》むつもりらしい。金太は井戸の中に向かって叫ぶ。

「唐茄子はいらねえか〜」

言葉が返ってくるのが楽しいのだろう。金太は井戸に顔を突っ込む。

「おいらはポチだ〜。タマだからだぞ。おーい。あっ、ああ、あああ〜」

　金太は頭から井戸に落ちた。もちろん、ト書《とがき》にない出来事だ。それに気づいた万造、松吉、八五郎が井戸に駆け寄る。

「ば、馬鹿野郎〜」

「金太〜。おーい。大丈夫《でえじょうぶ》か。金太〜」

「縄だ。縄を持ってこい」

　それを目《ま》の当たりにした文志郎と円蔵は呟く。

「祟りだ……」

　万造は井戸の中に縄を投げ入れる。

「金太〜。これにつかまるんでえ。身体に括《くく》りつけろ。いいな。身体に括りつけるんでえ」

　松吉は井戸の中を覗《のぞ》き込む。

「あの野郎、逆さまになってやがる。金太〜。頭を上にしろ。縄を身体に括りつけろ。そ、そうだ。よーし。引き上げるからな」

　万造、松吉、八五郎は縄を引き上げる。

「よし。もう少しでえ。せーの、せーの、せーの」

金太の身体が見えてきた。

「ば、馬鹿野郎。首に縄を巻いてやがる。これじゃ首縊《くびくく》りじゃねえか」

「こうなったら仕方がねえ。このまま引き上げるしかねえだろ」

文志郎と円蔵は身体が固まる。金太が首を縊った姿で引き上げられてきたからだ。

「死んでる。首を吊って死んでる……。祟りだ」

「いや。笑ってる、笑ってるで。首を吊られながら笑ってる。大家さんの言うた通りや。死ぬこともできないんや。祟りや。祟りや〜」

金太は二人を見て笑った。

「唐茄子はいらねえか〜」

文志郎と円蔵は「助けてくれ〜」という声を残して走り去った。万造、松吉、八五郎の三人はしてやったりの表情《かお》だ。

「これで、おけら長屋取り壊しの件は、おじゃんになるだろうよ」

「違《ちげ》えねえ。一件落着ってやつでえ」

お里が金太を指差す。

「いいのかい。首を吊ってぶら下がってるままだけど」

「それを早く言いやがれ」

三人は金太を下ろして、縄を解く。徳兵衛、お里、お咲は金太の顔を覗き込む。

「死んでる。死んでるよ……」

松吉は笑う。

「だから、鼻から提灯を膨らませて死んでる野郎なんざ、いるわけねえだろ」

「漬物石を頭で真っ二つに割った野郎だからな。首を吊られたくれえで死ぬわけがねえ」

お咲は金太の寝顔を見つめる。

「イビキをかきだしたよ。しかし、とんでもない人が引っ越してきたもんだねえ。先が思いやられるよ」

万造と松吉は顔を見合わせる。

「この金太を見て、嫌な野郎と思う奴はいるかい」

「憎めないのよねえ」

「真っ直《ます》ぐだしさ」

「頭は硬いけどね」

「おれは好きだぜ」

　みんなが笑った。

「それによ、金太はおけら長屋の守護神なんだぜ」

「その通りでえ。金太は救いの神でえ。金太のおかげで、おれたちはここで暮らしていけるんだぜ。金太は、おれたちの大切《てえせつ》な仲間だ」

　八五郎は鼻を啜《すす》る。

「優しいなあ。おめえたちは」

　お里は八五郎に──。

「お前さん、そりゃ、どういうことだい」

「こいつらは端《はな》から、祟りだの、呪いだのなんざ信じちゃいねえのさ。洒落で遊んでただけなのによ……」

　金太は安らかな表情《かお》をして、居眠りを続けていた。

本所おけら長屋　外伝　その四

みちのくさとり旅

一

桜の花も散り、青葉の季節となった。

仙台《せんだい》の城下町に入った島田鉄斎《しまだてっさい》は、その繁栄ぶりを静かに眺《なが》めた。奥州街道《おうしゅうかいどう》から仙台城大手門《おおてもん》に向かう大町通《おおまちどお》りは広々としている。城郭《じょうかく》に建てられた櫓《やぐら》は風格があり、伊達《だて》家六十二万石《ごく》の権威を見せつけているようだった。

国分町《こくぶんまち》には大名《だいみょう》や幕府の要人《ようじん》など、藩外者へのもてなしに使用される立派な外人屋《がいじんや》の他に、御人足宿《ごにんそくやど》や旅籠《はたご》が軒《のき》を並べている。武家《ぶけ》、商人、旅人などが行き交《か》い大層《たいそう》な賑《にぎ》わいだ。鉄斎は、そんな人波を見ているようで見ていない。遠い目をして、ただ前へ足を進めていく。ふと足を止めたかと思うと、町のはずれにある寂《さび》れた旅籠に草鞋《わらじ》を脱《ぬ》いだ。

鉄斎は信州諸川藩《しんしゅうもろかわはん》の剣術指南役《けんじゅつしなんやく》の嫡男《ちゃくなん》として生まれた。三十五歳で指南役を引き継いだものの、まもなく藩が改易《かいえき》となり、浪人《ろうにん》となった。しかし数年ののちに、幸いにも津軽黒石藩《つがるくろいしはん》で剣術指南役の職を得た。さらに、藩主、高宗《たかむね》の計《はか》らいで、はじめて妻を娶《めと》った。

妻の名は、結衣《ゆい》と言った。夫と死別して実家に戻っていた結衣は、無口だったが穏《おだ》やかな性質で、心を込めて鉄斎の世話をした。浪人となって以来、一人で生きてきた鉄斎にとって、結衣との生活は安らぎの日々だった。新しい主君、高宗は爽やかな性格で、じつに馬が合う。鉄斎は、仕《つか》えるに値《あたい》する主《あるじ》に出会えたと心から思えた。しかしそんな幸せな日々は、突然終わりを告げた。

桜が満開となった春の夕刻、役宅に戻った鉄斎は異変に気づいた。庭に面した部屋の襖《ふすま》が無造作に開いている。廊下《した》には泥の足跡がある。結衣の名を叫びながら部屋に入ると、結衣が舌《した》を嚙《か》み切って死んでいた。複数の者と争った跡があるが、結衣は乱暴される前に自害し貞操《ていそう》は守っていた。抱き起こした結衣の身体《からだ》は冷たくなりかけていた。

「近藤房之介《こんどうふさのすけ》……」

近藤房之介は、黒石藩の剣術指南役を決定する御前《ごぜん》試合で、鉄斎に完敗した男だ。近藤は藩内の剣術道場の師範で、急逝《きゅうせい》した指南役の高弟《こうてい》であったため、次の指南役にふさわしいのは自分だと思い込んでいた。しかし、剣の腕は鉄斎に遠く及ばず、醜態《しゅうたい》をさらした。

御前試合で無様《ぶざま》な姿を見せてしまった近藤の道場には、門弟《もんてい》も寄り付かなくなってしまった。自暴自棄《じぼうじき》になり荒《すさ》んだ暮らしをしていると聞いていた。

「近藤房之介には気をつけた方がいいですよ。居酒屋でも『真剣なら負けなかった』『あの男さえいなければ』『必ず殺す』と息巻いていたそうですから。近藤には、もう失うものは何もありません。島田殿への憎しみだけを抱いて生きているのです」

実際に近藤に待ち伏せされ、真剣での立ち合いを挑《いど》まれたこともあった。だが、鉄斎は応じなかった。

近藤は安居酒屋にいた。

「近藤さん。私がここに来た理由《わけ》はおわかりでしょう」

「あの女は自害したんだ。おれが殺したわけじゃねえ。考えてみりゃ、あの女を殺したのはお前なんだよ。お前さえ黒石に来なければ、死ぬことはなかったんだからよ」

近藤は、背中から鉄斎に斬《き》りかかる。鉄斎は近藤を斬った。近藤の首は滑《すべ》るように落ち、近藤は首のないまま、二、三歩進むと腰から頽《くずお》れた。

鉄斎は剣術指南役を辞《じ》し、旅に出ることにした。高宗の説得にも心は揺らがなかった。

「私は武士に向いていないのかもしれません。人を斬る恐ろしさ、後味の悪さを身をもって思い知りました。剣術とはなんなのでしょう。答えが見つかりません。私は、相手を倒すためではなく、力を見せつけるためでもなく、己《おのれ》を律《りつ》するためのものだと思っていました。それなのに人を斬ってしまった……。そんな私が、剣術指南役を続けることはできません」

高宗は鉄斎に餞別《せんべつ》を渡した。

「答えが見つかったら、いつでも帰ってこい。約束だぞ。鉄斎。これを持っていけ。役に立つこともあるだろう」

高宗は金子《きんす》と通行手形《てがた》、身分を証する書面、そして名刀奥州《おうしゅう》津軽《つがる》住《じゅう》匠己《たくみ》を、持たせてくれた。

こうして島田鉄斎は南へと旅立った。

鉄斎は三浦屋《みうらや》という小さな宿で、陽《ひ》の当たらぬ三畳ほどの部屋に通された。しばらくすると、まだ、少年と呼ぶには幼なすぎる男の子が茶を持ってくる。その子は鉄斎の顔を見ると、急須《きゅうす》を置いて膝《ひざ》を正した。

「お、お武家様。さっきはありがとうございました」

「お前さんは……」

鉄斎は昼前に街道の茶屋《ちゃや》で足を休めた。その茶屋に遠慮がちに入ってきたのが、この少年だった。

「申し訳ねえですが、水を一杯《いっぺえ》いただけねえでしょうか」

意地の悪そうな茶屋の老婆《ろうば》は冷たい目をする。

「金は持ってんのか。タダでやる水はねえ」

少年の身なりはみすぼらしい。少年は悲しそうな目をして背を向ける。

「ちょっと待ちなさい」

鉄斎は茶屋の老婆に――。

「この者に茶を淹《い》れてやってくれ。それから、団子《だんご》を一皿頼む」

老婆は作り笑いを浮かべた。

「そういうことでしたら……」

自分がいては、少年が気まずい思いをすると察した鉄斎は、金を盆の上に置くと茶屋から出ていった。


「お武家様に、こんな部屋しかなくて申し訳ねえです。他の部屋は埋まってしまいました。旦那《だんな》様とおかみさんが二人でやっている小さな宿だから……」

「雨露《あめつゆ》がしのげれば、それで充分だ。お前さんは、この旅籠の子なのかな」

着物を見て、下働きの子だとは思ったが、まさかそうは訊《き》けない。

「違《ちげ》えますよ。ここから、北に二里《り》（約八キロメートル）くれえ行ったところの百姓の子だ。いや、子です」

「名は何という？」

「米吉《よねきち》といいます」

「ほう。歳《とし》はいくつだ」

「もうすぐ七つになるだ。いや、なります」

客の前では言葉遣《づか》いに気をつけているのだろう。

「いつも通りに話していいんだぞ」

「旦那様に叱《しか》られます」

「それにしても、その歳で働くとは、たいしたもんだな」

米吉は歪《ゆが》んだ表情《かお》をして笑った。

「去年から日照り続きで、百姓は飯《めし》も食えねえ。だから、ここで下働きをさせてもらうことになったんです。金なんかもらえねえ。だが、飯は食わせてくれる。家《うち》じゃ飯も食えねえから」

追い込まれた百姓の家では、口減らしだけではなく、間引《まび》きされる子供もいるのだろう。ここで飯を食べることができる米吉は、まだ恵まれているのかもしれない。栄華を極《きわ》めるこの城下町から、わずか二里先には食うや食わずの者たちがいる。鉄斎は胸を痛めた。

「今日は、どうして街道を歩いていたのかな」

「行商に来た村の人から、おっとうが寝込んでるって聞いたもんだから、旦那様から許しをもらって様子を見に行っただ」

「それで〝おっとう〟は大丈夫なのか」

「風邪《かぜ》をこじらせたみてえです。ろくなもんを食ってねえから身体が弱ってるんだって」

米吉が出ていってから、鉄斎は冷《さ》めた茶を飲んだ。

「七つか……」

鉄斎は小さな溜息《ためいき》をついた。

鉄斎は、信州諸川藩を出てから、母のことを訊かれると、幼いころに病《やまい》で亡くなったので覚えていないと答える。だが、事実は違った。母は鉄斎が十歳のときに殺されていたのだ。

諸川藩の剣術指南役だった鉄斎の父、島田官兵衛《かんべえ》は物静かな男で、力と技の剣よりも、心の剣を求める剣客《けんかく》だった。官兵衛は強かった。嫡男だった鉄斎は、物心《ものごころ》がついたころから父の跡《あと》を継ぐものと思っていたが、幼いころに父から剣術の手ほどきを受けたことがない。だが、父は、遊びの中にも様々なことを課してきた。今思えば、それが何事にも代えがたい剣術の稽古《けいこ》だったのだ。

春には、桜の木の下で、風に舞う花びらをつかめと言われた。

「速く、強く握ろうとしてはいかん。自《みずか》らが起こした風で、花びらが逃げてしまう。花びらに気づかれぬように、そっと握るのだ」

それができるようになると、親指と人差し指で、花びらを挟《はさ》めと言われた。

「風を感じろ。花びらに気をとられてはいかん。風の流れを感じるのだ」

夏には、川で魚の手づかみだ。

「動くな。魚に気づかれる。息を整えろ。魚は、お前の息遣いに気づいている。自分の気配を消すのだ」

春に桜の花びらで培《つちか》った技は、魚にも通じることがわかった。修行《しゅぎょう》とはそういうものなのだろう。

秋は、夕暮れになると虫を捕《つか》まえる。

「虫の鳴き声を聞き分けるのだ。暗闇《くらやみ》の中で鳴いている虫の声をな。耳を研《と》ぎ澄ませ。狙《ねら》いを定めたら、他の虫の声に惑《まど》わされるな。狙った虫の声に集中するのだ」

冬になると雪合戦だ。鉄斎は一人で五人の子供を相手にした。四方八方から飛んでくる雪の玉をよける。官兵衛はその遊びを見ている。

「玉際《たまぎわ》でかわすのだ。身体の動きはできるだけ小さく。さもないと、次に飛んでくる玉をよけることができなくなる」

このころはまだ木刀や竹刀《しない》を持ったことがなかったが、剣術には大切な感性が知らぬ間に鍛《きた》えられていった。

官兵衛は剣の強さを見せつけるようなまねはしなかったが、挑まれれば木刀で立ち合うことがあった。木刀とはいえ、当たり所が悪ければ命を落とすこともある。天下泰平《てんかたいへい》の世の中、藩内では官兵衛に挑む者はいなかったが、厄介《やっかい》なのが、武者《むしゃ》修行と称し、諸国を旅する無頼《ぶらい》の剣客だった。

鉄斎が十歳のとき、そんな男が諸川藩に現れた。門弟を一人連れた男は諸川藩の剣術道場を訪ね、官兵衛に立ち合いを求めた。

「木刀でも、真剣でも構わぬ。死んでも遺恨《いこん》は残さぬ立ち合いでござる。拙者《せっしゃ》が不覚をとり命を落としたときは、この門弟が亡骸《なきがら》を引き取るので、こちらにご迷惑はかけませぬ」

木村重心《きむらじゅうしん》と名乗った男は、丸めた紙を床《ゆか》に広げた。そこには墨痕《ぼっこん》鮮《あざ》やかに記《しる》された人名が並んでいる。

「拙者が打ち倒してきた剣客でござる。拙者は腕に覚えのある剣客と立ち合いたい。ここに記されているのは、いずれも名だたる剣客でござる。貴殿《きでん》の腕に自信がなければ、拒《こば》まれても結構。ただし、そのときは金三両《りょう》を申し受ける。さすれば、貴藩の剣術指南役が立ち合いを拒んだことは口外《こうがい》いたさぬ」

道場にいた者たちは、金ほしさのはったりだと思った。だが、その男は堂々としている。このはったりに負けて金子を払ってしまう者も多いのだろう。

「立ち合いましょう。木刀でよろしいですかな。真剣では立ち合わぬことにしておりますので」

だが、木村重心の言葉に偽《いつわ》りはなかった。道場で木刀を構えて対峙《たいじ》した官兵衛と木村は、お互いに隙《すき》を見つけることができなかったのか、それとも先に動いた方が負けると思ったのか、半刻《はんとき》（一時間）も動くことができなかった。それを見守る諸川藩の者たちや、木村の門弟も身動きひとつしない。そして、木村が足を踏み出そうとしたことがきっかけとなり、激しい打ち合いが始まった。だが、お互いに一本を決めることができない。まさに死闘となった。

一瞬の隙をついて、官兵衛の木刀が木村の右手首をとらえた。左手一本で戦うことになった木村の不利は否《いな》めない。官兵衛は木村の木刀を叩《たた》き落とすと、木刀を振り下ろす。木刀は無防備になった木村の脳天の一寸《すん》（約三センチメートル）手前で止まった。

「参った」

木村は両手をついた。

剣客として負けを認めた木村は、その半刻後に近くの寺の裏庭で腹を切った。木村は本物の剣客だったのである。木村は官兵衛に敗《やぶ》れた直後に門弟を破門《はもん》にしていた。そして、近くの寺の門を潜《くぐ》ると、寺の小僧に持ち金をすべて渡し、埋葬《まいそう》を頼むと言い残して自害したのだ。

門弟はまだ若く、木村の死を受け止めることができなかった。門弟は官兵衛に真剣での立ち合いを迫った。師の敵討《かたきう》ちをしたかったのであろう。

「木村殿は遺恨を残さぬ立ち合いと申された。自ら命を絶《た》たれたことは残念だが、木村殿は立派な剣客であった。門弟として師の言葉を汚《けが》してはならぬ」

官兵衛は頑《がん》として門弟の求めに応じなかった。だが、門弟は我を見失っていた。どんな手を使ってでも、官兵衛を殺すことしか考えられなくなっていたのだ。剣では官兵衛に勝てないと思った門弟は、弓矢で官兵衛を射殺することにした。

その日、諸川藩士の祝言《しゅうげん》に出席した官兵衛と妻は、ほろ酔《よ》い気分で帰路についた。そして門弟の放った矢が、官兵衛ではなく、隣を歩いていた妻の背中に命中した。門弟は、そのまま逃げ去った。

鉄斎は母が担《かつ》ぎ込まれたときのことをよく覚えている。だが、母を見ることはできなかった。官兵衛は取り乱《みだ》すことなく、毅然《きぜん》と弔問客《ちょうもんきゃく》に応対していた。鉄斎が覚えているのは、そんな父、官兵衛の姿だ。

妻の結衣を荼毘《だび》に付すとき、鉄斎は、父の姿を思い出した。自分も父と同じ思いをすることになるとは……。これが剣客の定めなのか。

木村重心の門弟は、師の墓前で自害していた。ほんの数日の間に三人が死んだ。剣に関わらなければ死ぬことなどなかった三人が死んだのだ。そして、剣に関わった自分の妻もこの世を去った。

剣とは何か。人の命より大切なものなのか。鉄斎はこの答えを見出《みいだ》せないままでいた。

二

鉄斎が三浦屋の部屋にいると、襖の外から声をかけられた。

「御免《ごめん》。襖を開けてもよろしいか」

鉄斎の返事を待って、襖が開いた。そこには役人のような男が立っていた。男は一歩だけ部屋の中に入った。

「申し訳ないが、主の部屋まで来ていただきたい」

「何の用でしょうか」

「来ていただいてからお話しする」

　鉄斎は刀を持って立ち上がると、その男の後について部屋を出た。主の部屋に通されると、そこには宿の主夫婦、行商人風の男、若い男女の旅人、父子《おやこ》と思われる二人連れがいた。鉄斎は空《あ》いているところに腰を下ろした。

　役人と思われる男は小さな咳払《せきばら》いをした。

「拙者は当地代官所《だいかんしょ》、見回り役の小林吟平《こばやしぎんぺい》と申す。亭主。宿帳《やどちょう》をこれに。まずは江戸《えど》日本橋木綿問屋《にほんばしもめんどんや》、錦屋手代《にしきやてだい》、増三郎《ますさぶろう》……。その方か」

「左様でございます。奥州の得意先様を回っているところでございます」

　若い男女が小声で囁《ささや》き合う。

「宿改《やどあらた》めかしら」

「ああ。心配することはないよ」

　小林吟平に睨《にら》まれて、二人は俯《うつむ》く。

「そこの二人は……、江戸は神田岩本町《かんだいわもとちょう》の鰹節屋《かつおぶし》、前田屋《まえだや》の手代、浅吉《あさきち》と、同じく神田岩本町の煙草屋《タバコ》、岡田屋《おかだや》の次女、お真《しん》であるな」

　男は膝を正した。

「は、はい。この度《たび》、私たちは所帯《しょたい》を持つことになりまして、こ、この、お真の母方の実家がある北上《きたかみ》に、挨拶《あいさつ》に伺《うかが》うところでございます」

小林は鉄斎を見た。

「貴殿は、島田鉄斎殿と申されるか」

「いかにも」

「旅の途中とお見受けしたが、どちらまで……」

「江戸まで。……あてのない旅です」

「あてのない……。失礼だが、ご身分を明かすものはお持ちか」

鉄斎は懐《ふところ》から折り畳《たた》んだ書面を取り出した。小林はその書面に目を通す。

「黒石藩剣術指南役……。貴殿が……」

小林は驚いたようだ。

「すでに辞しているので、今は一介の浪人です」

小林は書面を鉄斎に返した。

「そこに座っておるのは、村田華祥《むらたかしょう》殿と弟子《でし》の愁丸《しゅうまる》殿だ。華祥殿は俳人《はいじん》で、句を詠《よ》みながら奥州を旅しているそうだ」

鉄斎が父子だと思っていた二人は、俳人とその弟子だったのだ。

「じつは、華祥殿の部屋にあった紙入れがなくなった。七両入っていたそうだ」

若い男女は顔を見合わせた。

「嫌《いや》な思いをさせて申し訳ないが、七両といえば大金だ。届けがあったからには調べなければならん。どうか汲《く》み取ってほしい」

錦屋の手代、増三郎が――。

「身の回りを調べるということでございますか。私はかまいませんが……」

若い男女も続く。

「私たちもかまいません。な、お真ちゃん」

お真は頷《うなず》いた。一同は鉄斎に目をやる。

「私も異存はありませんが、お訊きしたいことがあります」

鉄斎は華祥の方を向いた。

「この宿の部屋で紙入れがなくなったというのは間違いありませんか。失礼ですが、思い違いということもあるでしょうから」

華祥の側《そば》に控えていた愁丸の表情《かお》が険《けわ》しくなった。

「間違えるはずがありません。私が華祥先生からお預かりしている大切な紙入れです。この振分《ふりわ》けの中に入れておいたのです。先生が湯に行かれ、お着替えをお持ちしたわずかな間です。部屋に戻ってみると、振分けの紐《ひも》が解《ほど》けていたのです。慌《あわ》てて中を調べると紙入れがなくなっていました。だれかが盗んだに違いありません。そうに決まって……」

華祥が愁丸を止めた。

「失礼な言い方はやめなさい。そんなに大切なものなら、肌身離さず持ち歩いていればよかったではないか。人様《ひとさま》のせいにするより、まずは己の落ち度を認めなさい」

華祥は小林吟平の方に向き直った。

「お騒がせいたしました。もう結構でございます。この仙台には懇意《こんい》にしている知人もおりますので、旅の金子は用立ててもらえるでしょう。私が湯から戻る前に、弟子の愁丸が騒ぎを大きくしてしまったもので、皆さんに嫌な思いをさせてしまいました」

愁丸は食い下がる。

「そうはゆきません。このような小さな旅籠です。外から人が入ってくれば気がつくはずです。だれもそのような者は見かけなかったと言っています。必ずこの中に紙入れを盗んだ者がいるのです」

「いいかげんにしなさい」

華祥はみなに頭を下げた。

「申し訳ありません。弟子が取り乱しまして。この件は、もうなかったことに……」

小林は立ちかけた華祥の肩をおさえた。

「そうはいかん。十両盗めば首が飛ぶのがご定法《じょうほう》だ。七両ともなれば見逃《みのが》すわけにはいかんのです」

一同は沈黙した。愁丸の言うことが本当だとすれば、宿の主夫婦も含めて、この中に七両を盗んだ者がいることになる。増三郎は立ち上がった。

「七両といいますと、小判が七枚でしょうか。それなら着物の中にだって隠せる。私はここで着物を脱ぎますから、お役人様は、私の部屋を調べてください。それで、私ではないということがわかりますよね」

増三郎は着物の帯に手をかけた。

「まあ、待て。仮に、拙者が華祥殿の部屋から紙入れを盗んだとしたら、どうするかな。着物や荷物、それに部屋の中を調べられるのは必定《ひつじょう》。どこか別のところに隠すであろう」

小林は少しの間《ま》をおいた。

「愁丸殿が着替えを届けに行ってから一刻《いっとき》半（三時間）。この間に外に出た者はおるか」

宿屋の主夫婦は顔を見合わせた。

「私たちは夕食の片づけや、明日の朝食の仕込みをしておりましたから、外へは出ておりません」

「他の者たちはどうだ……。そうか。だれも外に出てはおらんか。では、だれかが外に出たのを見た者はおるか。なるほど……。だれも外へは出ておらんか。ということは、仮に、だれかが七両を盗んだとしても、七両はこの宿のどこかにあるということだな」

増三郎は立ったままで困っているようだ。

「増三郎とやら。宿帳によると、その方はこの宿に三日ほど滞在するとあるが

「……」

「はい。近くのお店《たな》を回るつもりでおりました」

「それなら、荷物などを調べさせてもらった上で外に出てもよい。ただし、通行手形は代官所に預けてほしい」

「そ、それはどういうことでしょうか」

「商《あきな》いをするのは構わんが、この地から、いや、この宿から姿を消されてしまっては困るのだ。七両の行方《ゆくえ》がはっきりするまではな」

「三日たっても七両の行方がわからなかったときは、どうなるのでしょうか。私は次の商い先に行かなければなりません。こんなところで道草をくっている暇はないんです。皆さんだってそうでしょう」

　小林は苦笑《にがわら》いを浮かべる。

「三日のうちに七両の行方がわかるように祈るしかないな」

「そ、そんなあ……」

　小林は宿帳に目を落とした。

「浅吉とお真。申し訳ないが、その方たちも同じだ。ここに残ってもらう。よいな。島田殿にもお願いする」

浅吉とお真は困惑したが、鉄斎は先を急ぐ旅ではない。

「私はかまいませんが、その間の宿賃《やどちん》はどうなりますかな。何せ貧乏浪人の一人旅、江戸まで金子をもたせなければなりません」

小林は笑った。

「それは道理だな。亭主。この者たちの宿賃は、その方と代官所の折半《せっぱん》ということではどうだ。この宿にしても、部屋の中で七両が盗まれたと噂《うわさ》になれば、商いに差し障《さわ》りもあるだろう。このことは外に洩《も》れないようにするから安心しろ」

宿屋の主夫婦は渋々《しぶしぶ》了承した。

「見張りの者を一人、残しておく。外に出るときは必ずその者に声をかけること。よいな。では、まず、着物と部屋。それから、この宿の中を調べさせてもらう」

だが、七両はどこからも出てこなかった。

その夜、一人の男が鉄斎を訪ねてきた。

「代官所手附《てつき》、荒又義右衛門《あらまたぎえもん》と申す。貴殿が島田鉄斎殿でござるか」

手附とは代官に継ぐ役職で御家人《ごけにん》である。浪人の一人旅では疑われるのも仕方ないが、面倒《めんどう》なことだと鉄斎は心の中で溜息をついた。

「いかにも。何か御用でしょうか」

「小林吟平から聞き及んだのだが、島田殿は津軽黒石藩の剣術指南役であったとか」

「確かに。ですが、すでに役目は辞しております」

荒又義右衛門は鉄斎の容姿を舐《な》め回すようにして見た。

「拙者は代官所でお役目をいただいている他に、この城下町にある杉浦《すぎうら》道場で師範代を務《つと》めております。一度、お手合わせをお願いしたく参上いたした」

鉄斎は困惑した。剣客として生きるのか、それとも剣を捨てるのか、何の答えも見出せずにいる自分が、剣の手合わせなどできるはずもない。

「申し訳ありませんが、私はもう剣術の立ち合いはしないと決めております」

荒又は引き下がる素振《そぶ》りを見せない。

「失礼ながら、剣術指南役であったというのは真《まこと》のことであろうか。津軽黒石藩は一万石の小藩とお聞きしているが、仮にもそこで剣術指南役を務めていたとあれば、それなりの剣客とお見受けいたす。なぜに立ち合いを拒まれるのか」

言葉の端々《はしばし》から鉄斎を見下《みくだ》している感があるが、今の鉄斎にとってはどうでもよいことだ。

「思うところがありまして……。私はすでに剣客とは言えぬ身。申し訳ございません」

荒又の表情《かお》が少し険しくなった。鉄斎の言い様が慇懃《いんぎん》無礼《ぶれい》に思えたのかもしれない。

「そう申されると、なおさら立ち合《お》うてみたくなる。島田殿。この宿で七両がなくなり、宿にいたものはみな足止めを食っていると聞く。貴殿が拙者との立ち合いを受ければ、いろいろと便宜《べんぎ》を図ることもできる。だが、その逆もあるということだ」

「どういうことでしょうか」

「貴殿が拙者との立ち合いを受けるまで、足止めを続けさせることもできるということだ。よく考えてみてはいかがかな」

「七両がなくなったことは、私とは関わりのないことです。それに私一人だけが便宜を図ってもらうようなことがあれば、他の者たちに申し訳が立ちません」

「そうか。拙者は貴殿との立ち合いを諦《あきら》めん。また来ることにする」

荒又は意地の悪い笑い方をしながら出ていった。

入れ違うようにして、小林吟平がやってきた。

「やはり荒又さんが来ましたか。申し訳ないことをした。い、いや、荒又さんがここを訪れた理由《わけ》はだいたい察しがつくもので」

取り調べのときと比べて、小林の口調は温和になっている。

「荒又さんは剣豪《けんごう》を自負しておりましてな。まあ、確かに強いのですが、それを鼻にかけるというか……。島田殿もお話しになったのであれば、だいたいの察しはつくと思われますが」

「そうでしたか……」

「このあたりでは敵なしで、荒又さんには仙台藩の剣術指南役も逃げ腰なのです。荒又さんは拙者の上役でして、三浦屋の一件を内報したときに、島田殿が黒石藩の剣術指南役であったと口を滑らせてしまいました。すると、荒又さんの目つきが変わりました。荒又さんにとって七両のことなどどうでもよいのです。黒石藩の剣術指南役と手合わせをしたい。そして勝ち誇りたいと思っているのです」

鉄斎は心の中で唸《うな》った。剣客であるために、また騒動に巻き込まれる。剣術の立ち合いというものは、勝っても負けても、少なからず遺恨を残す。まして、あの荒又という男の気質を考えると面倒なことになりそうだ。

「私には荒又殿と立ち合う気はありません。そもそも、立ち合う道理がありません。小林殿からも、その旨《むね》をお伝え願います」

「島田殿の言う通りですな。まったく、荒又さんには困ったものだ。ここだけの話ですが、拙者としては、島田殿に勝っていただき、荒又さんの鼻《はな》っ柱《ぱしら》をへし折ってほしいと思っていたのですがね」

小林は苦笑いした。

三

翌日――。鉄斎は見張り役の承諾を得て外に出た。一日中、宿の中にいては身体がなまってしまう。せっかく仙台に来たのだから、広瀬川《ひろせがわ》まで足を延ばしてみることにした。宿からは四半刻《しはんとき》（三十分）もかからないという。外の空気は澄んでおり、鉄斎は思い切り息を吸い込んだ。

広瀬川は曲がりくねった川のようで、川上も川下も見渡すことができない。河原に下りた鉄斎には細長い湖のように見えた。

（あれは……）

水辺でうずくまっている者がいる。米吉だ。近くに寄っても、米吉は鉄斎に気づかず水面《みなも》を見つめている。鉄斎は米吉の隣に腰を下ろした。

「お、お武家様」

「どうしたんだ、こんなところで」

米吉は黙っていたが――。

「やっぱり、神様はいるんだ。頼めるのはお武家様しかいねえと思っていたから。ここから北に二里行ったところに、小里村《こざとむら》って小さな村がある。三本杉《さんぼんすぎ》の権《ごん》助《すけ》っていえばすぐにわかる。それが、おいらのおっとうだ。お武家様。おっとうにこれを届けてもらえねえか」

米吉は懐から上等な紙入れを取り出した。

（そういうことだったのか）

鉄斎は心の中で呟《つぶや》いた。小林吟平に調べられたとき、宿屋に怪《あや》しい者はいなかった。だが、まさか米吉だったとは。米吉はその紙入れを鉄斎の膝の上に置いた。

「小判が七枚入《へえ》ってる。一枚はお武家様にあげるから、残りをおっとうに渡してもらいてえ。お願《ねげ》えします」

「お前さんが盗んだのか」

米吉は小さく頷いた。

「それで、お前さんはどうする」

米吉は黙っている。

「私がこの金を〝おっとう〟に渡してから、お前さんはどうするつもりだ」

「いけねえことをしたって、わかってるよ。だから、おいらはここで死んでお詫《わ》びをする。死んじまったら、おっとうに届けることができねえから、お武家様に頼むんだ。お武家さんは優しくて、信用できる人だからだ」

　鉄斎も水面を眺めた。

「どうして盗んだんだ」

「おっとうとおっかあが話してるのを聞いちまった。借金が返《かえ》せなくて、おっかあは来月、どこかに売られることになるって。おっとうと抱き合って泣いてた。だからきっと辛《つれ》え仕事なんだ。でも、金があれば、おっかあは売られなくて済む」

　大方、宿場の旅籠あたりに飯《めし》盛《も》り女として売られていくのだろう。米吉の横顔を見て鉄斎の胸は痛《いた》んだが、どうすることもできない。ただ、わかっていることは、米吉を盗人《ぬすっと》にすることも、死なすこともできないということだ。

「米吉。このことはだれにも言わない。約束する。だから、その金は返そう。確かにその金があれば、米吉のおっかあは売られずに済むかもしれない。だが、米吉が盗人になったり、死んでしまったりしたら、おっとうとおっかあは、どれだけ悲しむだろうな。それを考えたことがあるか」

「だけど、おいらは許せねえんだ。なんで百姓ばかりが辛《つれ》え思いをするんだ。おっかあは金がねえと売られるんだ。あの旅のお客様はきっと金持ちだ。この金がなくたって今まで通りに暮らしていけるんだ。なのに、おいらのうちは……」

米吉は嗚咽《おえつ》を洩らしながら手の甲を目にあてた。鉄斎は米吉の肩を抱き寄せた。

「お前さんの気持ちはわかる。だがな、たとえどんな理由《わけ》があっても、人様の金を盗むことは許されない。その金は返そう。今ならまだ打つ手はある。な、米吉。そうしよう」

「返《けえ》すって、どうすればいいんだ。金を返したら、おっかあはどうなるんだ。売られちまうじゃないか」

「米吉。顔を上げてみろ。いいから、顔を上げてみろ」

米吉は顔を上げた。

「お天道様《てんとさま》を見てみろ。人は、お天道様に恥ずかしくない生き方をしなければならない。お天道様はすべてお見通しなんだぞ。とにかく、この金は返すんだ。来月までにはまだ時間《とき》がある。どんなに辛いことがあっても逃げてはいけない。逃げずに、正直に生きれば、お天道様は、きっと米吉の味方になってくれるはずだ」

鉄斎が優しく背中を叩くと、米吉は小さく頷いた。

その夜、鉄斎は華祥を自分の部屋に呼んだ。狭い三畳の部屋には酒と肴《さかな》が用意してある。

「島田様と申されましたな。私に何か……」

鉄斎は座布団《ざぶとん》を勧めると、華祥に酒を注《つ》いだ。

「その前に、島田様はやめていただけませんか。肩が凝《こ》ります」

「そうですか。それでは島田さんとお呼びすることにしましょう」

「旅は道連れ世は情け、袖《そで》すり合うも他生《たしょう》の縁《えん》と申します。あまり好ましい袖のすり合い方ではありませんでしたが。俳人の先生と出会うとは、またとない機会です。俳句の話でも伺いたいと思いまして」

華祥は快《こころよ》く鉄斎の酒を受けた。

「みなさんにご迷惑をかけてしまい、申し訳ないと思っておりましたが、そのような言葉をかけていただくと、少しは気持ちが楽になります」

「華祥先生は江戸の方ですか」

「深川《ふかがわ》の生まれです」

「深川……。私は江戸には疎《うと》いものでして」

「海に近いところですな」

「先生は幼いころから俳人を志《こころざ》されたのでしょうか」

「いや。お店者《たなもの》の次男坊ですが、俳句に凝り出して十六歳のときに奉公先《ほうこうさき》から暇《ひま》を出されましてな。それから俳句の先生に弟子入りしました」

華祥は愛嬌《あいきょう》のある表情《かお》で笑った。

「俳句とは奥の深いものなのでしょうね。十七文字しか使えないことが、それを物語っています」

鉄斎は華祥に酒を注ぐ。

「まさに奥が深すぎて、どこに終着すればよいのやら。俳句には季語《きご》を入れるものですが、それさえも、正しいのかよくわかりません」

「季語を入れない……」

「はい。私は季語よりも季感……、つまり、十七文字の中から滲《にじ》み出る季節感のほうが大切だと思えるようになりました。私の考えですがね。俳句には〝切れ〟が求められますが、それにとらわれてはなりません。何も考えずに生まれてきた言葉の中に本物の〝切れ〟があるのです。花鳥風月《かちょうふうげつ》と自らの心が一つになったときに生まれてくる言葉こそが名句なのでしょう。未《いま》だそんな句を詠《よ》めたことはありません。死ぬまで修行なのでしょうなあ」

　鉄斎は剣術にも通じる話だと思えた。この初老の俳人は、己の道に迷ったときに、どんな答えを出すのだろうか。鉄斎は、この人物になら本当のことを話してもよいと思えた。いや、この人物ならどんな答えを出すのか知りたかったのかもしれない。

「ところで、島田さん。私にどのような用件があるのでしょうか。回りくどい話はやめにしましょう」

　やはり、華祥は並みの人物ではないようだ。

「おみそれいたしました。それではお話しいたします。華祥先生を信じて」

鉄斎は心持ち背筋《せすじ》を伸ばした。

「七両を盗んだ者がわかりました」

華祥は驚きもせず、猪口《ちょこ》を口に運んでいる。

「その者は私利私欲のために七両を盗んだのではありません。人を助けるためです。私が七両を返すように諭《さと》しました。気づかれないよう華祥先生の部屋にお戻ししようと思います」

華祥は静かに猪口を置いた。

「そうですか」

華祥は、金を盗んだのはだれか問わなかった。凡人であれば、まずそれを問うはずだ。鉄斎は感服した。

「私はその者を罪人《つみびと》にしたくありません。魔が差したのです」

「島田さんの気持ちはわかります。ですが、それで役人は納得するでしょうか。まさか、狐や狸に化《ば》かされたとは言えますまい」

鉄斎は華祥に酒を注いだ。

「そこが悩みの種です。七両を盗まれたのは華祥先生です。その華祥先生が、七両が戻ったのだから穏便《おんびん》に済ませてほしいと申し出れば、役人もそれ以上の詮索《せんさく》はしないかもしれません。そうなることを願うしかありません」

華祥は酒を味わうように呑《の》んだ。そして小さな声で囁くように――。

「下働きの子供ですな」

鉄斎は静かに頭を下げた。

「島田さん。私は何も知らないことにしておきます」

鉄斎はゆっくりと立ち上がった。

「酒を頼んでまいります。今夜は呑みたい気分になりました」

襖を開けて廊下に出た鉄斎は、胸を撫《な》でおろす。華祥は思った通りの人物だった。

酒を持ち帰った鉄斎は改めて、華祥と酒を酌《く》み交わす。少し前とは違い、酒が五臓六腑《ごぞうろっぷ》に沁《し》み渡った。

「島田さんは、どこぞの藩で剣術指南役をされていたとか……」

「津軽の黒石藩です」

「津軽とは寒さ厳しいところなのでしょうな。できれば足を延ばしてみたいものです」

「それゆえに春は素晴らしい。灰色の空と白い雪に閉ざされていた大地に、花が咲き、小鳥が飛び交い、青々とした葉が繁《しげ》る。私は美しさよりも強さを感じてしまうのです。この世はたくましい。必ず蘇《よみがえ》るのですから。そんな風景を見て、華祥先生がどんな句を詠まれるのか……」

華祥は鉄斎に酒を注いだ。

「島田さんは津軽で暮らしたかったのではありませんか。津軽に何かの思いを残してきたとお見受けしましたが」

鉄斎の表情《かお》が強張《こわば》ったのかもしれない。

「何かありましたかな、津軽で……。おっと、これは余計なことを訊いてしまいました」

身の上話など滅多《めった》にしたことのない鉄斎だが、華祥には話してみたくなった。

鉄斎は淡々と、母のこと、結衣のことなどを話し、華祥はその話を遮《さえぎ》ることもなく、静かに聞いた。

「どちらも、夫が剣客でなければ命を落とすことはありませんでした。剣客というものは自分にはその気がなくとも、相手が刀を抜いて斬りかかってくれば、戦わぬわけにはいきません。そして自分が勝てば相手が死に、相手が勝てば自分が死ぬ。勝ったところで恨《うら》みを買い、つけ狙われ、自らが死ぬならともかく、母や妻のようなことが起こります」

華祥は静かに酒を呑んでいる。

「剣は人を斬る道具ではない。己の心の中にある弱さを斬るものだ。剣術は強さを誇るものではなく、己を律するものだ。父からそう教わりました。そう信じて厳しい修行を積んでまいりました。が、剣術というものが、わからなくなりました」

華祥は鉄斎に酒を注いだ。

「島田さんは、母上が父上の妻になったこと、ご妻女が島田さんの妻になったことを後悔していると思いますか」

突然の問いに、鉄斎は答えることができなかった。

「後悔などしていないと思いますよ。母上もご妻女も、この人の妻になると心に決めた相手が、たまたま剣客だっただけです。だとすれば、お二人が非業《ひごう》の最期《さいご》を迎えられたのは夫が剣客だったからではありません。天命《てんめい》だったのです。人は天命には逆《さか》らえません。しかし懸命に生きようとする。その姿が美しいのです。島田さんのお人柄を見れば、母上もご妻女も、どのような人だったのかわかる気がします。お二人とも、ご夫君《ふくん》を支えて精一杯に生きられたのではありませんか。ですから、母上もご妻女も後悔などしていません」

鉄斎の頭には母と結衣の顔が浮かんだ。二人とも優しく微笑《ほほえ》んでいた。後悔など微塵《みじん》も感じられない笑顔だった。鉄斎は自分の心の中にそよ風が吹いたような気がした。

華祥は酒を口に含んだ。

「剣術というのは、この酒と同じようなものかもしれませんなあ」

「どういうことでしょうか」

「酒は諸刃《もろは》の剣《つるぎ》です。酒で身を滅《ほろ》ぼす人は多い。借金を作り、酔って喧嘩《けんか》や騒動を起こし、呑みすぎて身体を壊す。ですが、今夜はどうでしょう。この酒があったからこそ、私と島田さんは打ち解けることができたような気がします」

鉄斎は華祥の言う通りだと思った。

「島田さんは、剣術が母上やご妻女の命を奪ったと思っているのではありませんか。ならば、人を救う剣術もあるはずです」

「人を救う剣術……」

「そうです。島田さんは、人の命を奪う剣ではなく、人を救う剣を持てばよいということです。同じ剣でも持つ人の心によって、その剣は変わるはずです」

「人を救う剣……」

鉄斎は心の中で、何度もその言葉を繰り返した。

四

宿屋の主の部屋に、みなが集められた。そこには荒又義右衛門と小林吟平もいた。小林はこの宿にいる者が揃《そろ》っているのを確かめると――。

「今朝《けさ》、華祥殿が起きると、部屋の隅《すみ》に盗まれた紙入れが置かれていた。おそらく、夜中にだれかが、襖を少し開いて中に入れたのであろう。紙入れの中には七両がそのまま入っていた」

一同は驚きの表情《かお》を見せた。

「当たり前に考えれば、この中のだれかが置いたことになる。置いた者がいるなら名乗り出てほしい……。と言ったところで、名乗り出るはずがないわな」

小林は小さな声で笑った。華祥は頭を下げた。

「みなさんにご迷惑をおかけして、申し訳ありませんでした。無事に紙入れが戻ったのですから、私には何の異存もございません。足止めをされてお困りの方もおります。荒又様、小林様にお願い申し上げます。どうかこの件はこれで終わりということにしていただきたいと思います」

「そうはいかぬ」

荒又は声を荒らげた。

「盗んだものを返せば済むという話ではない。返したところで罪は消えぬ」

「ですが、こうして紙入れは戻りました。今さらことを荒立てることはないと思います」

小林が割って入る。

「荒又さん。華祥殿もこう言っておられるのですから、これで幕引きにしてはいかがでしょう。私たちも暇を持て余しているわけではありませんし……」

「黙れ、小林」

荒又は治まらない。

「盗みだけではなく、当代官所を愚弄《ぐろう》する行いだ。代官所が馬鹿《ばか》にされたも同然だ。断じて見逃すわけにはいかぬ。それに……」

荒又は鉄斎に目を向けた。

「島田殿。貴殿は紙入れを盗んだ者をご存知のようだな。その話を聞かせていただきたい」

鉄斎はどのように返答してよいかわからない。愁丸がいきなり――。

「私が荒又様に申し上げました。昨夜、華祥先生が島田様の部屋に呼ばれました。何かあると思ったのです。ですから、様子を伺いに行ったのです。途切れ途切れですが、島田様の声が聞こえました。〝七両を盗んだ者がわかった〟〝七両を返すように諭した〟そして華祥先生に〝穏便に済ませてほしい〟と。華祥先生もそれを承諾されたようでした。それからはよく聞こえませんでした」

鉄斎は己の失態を悔《く》やんだ。華祥の返答にばかり気が向いて、襖の外の気配にまで気が回らなかったのだ。華祥は愁丸を睨みつけた。

「馬鹿者。なぜ、そのことを私に言わなかった」

愁丸は食い下がる。

「先生は間違っています。この中に七両を盗んだ者がいるのです。それをうやむやにしてよいのでしょうか。よいわけがありません」

「余計なことを……」

華祥は独《ひと》り言《ごと》のように言った。荒又は鉄斎に歩み寄った。

「さあ、島田殿。話してもらおうか」

鉄斎は両手を膝の上に置いた。

「申せません」

「な、なんだと」

「その者と約束したからです。心の底から改心して、盗んだ金を返せば、このことはだれにも言わないと。その者は私を信じて、金を返したのです。ですから、申すわけにはいきません」

荒又は怒りで顔を赤くした。

「ふざけるな。代官所にそんな理屈が通ると思うか」

「ですが、荒又殿。その七両が戻らなければ、この件はどうなっていたのでしょうか。お蔵入《くらい》りになったかもしれません。代官所は華祥殿に七両が戻ることと、盗人を捕《と》らえることと、どちらが大切なのですか」

「黙れ、黙れ。ここにいる者たちをみな代官所にしょっ引き、痛めつけて吐《は》かせることもできるのだぞ」

一同の顔は引きつったが、愁丸は「それがいい」と小声で囁いた。鉄斎は落ち着いている。

「そんなことをすれば無実の罪を生むだけです」

荒又は声を低くする。

「それでは、どうしても申せぬというのだな」

「申せません」

鉄斎はきっぱりと答えたが、続きがあった。

「荒又殿は私との立ち合いを望んでおられましたね。その立ち合いをお受けいたしましょう。荒又殿が勝てば、すべてを包み隠さず申し上げます。ですが、私が勝ったら、この件は幕引き、ということにしていただきたい。いかがですかな」

鉄斎は微《かす》かな笑《え》みを浮かべた。その笑みが荒又に火をつけた。

「よかろう。だが、その立ち合いで島田殿が命を落としたらどうする」

「そのときは、華祥先生から話していただきます。すべてをご存知ですから」

「承知した。それでは、真剣での立ち合いでよいのだな」

「荒又殿が望むのであれば」

「よう言《ゆ》うた」

小林は慌てる。

「待ってください。杉浦道場では真剣での立ち合いは禁じられています。それを師範代が破るなど、門下生に示しがつきません」

荒又は唸った。

「うーん。では、本意ではないが、木刀での立ち合いとしよう。島田殿。念書《ねんしょ》を書いてもらうがよろしいか。木刀での立ち合いでも命を落とすことはある。たとえどのようなことになっても、責めを負うのは己であるとな」

「心得ております」

「して立ち合いは、いつ」

「今からでも」

「よーし。杉浦道場は、ここからさほど遠くない。ここにいる者はみな、同道してもらう。島田殿が負ければ金を盗んだ者がわかる。それまでは一緒にいてもらわなければならん。よいな。一同。立ちませい」

一同は立ち上がった。


杉浦道場は不気味な静けさに包まれていた。荒又と鉄斎は奥の座敷《ざしき》に入ったままだ。おそらく、念書を取り交わしているのだろう。杉浦道場の門下生たちには、これから行われる立ち合いのことが知れ渡っているようで、稽古をやめ、道場の壁際に並んで正座をしていた。ときおり、門下生たちが小声で囁き合っているのが聞こえる。

「木刀だが、本気で立ち合うそうだ。生き死にの勝負になるぞ」

「相手は、黒石藩の元剣術指南役だと。先ほど、姿を見たが、剣豪には見えなかった。荒又先生が後《おく》れを取ることはあるまい」

「荒又先生は念書まで書かせておられる。容赦《ようしゃ》はしないつもりなのだろう」

三浦屋の主や泊客《とまりきゃく》たちは、道場の隅で固まるようにして座っている。

華祥は前を向いたまま、隣に座っている愁丸に――。

「島田さんの剣術をよく見ておくがいい。お前に一番足りないものが見えるかもしれん。いや、今のお前には見えんか……」

「先生。それはどういうことでしょうか」

華祥は何も答えなかった。

荒又と鉄斎が道場に入ってきた。二人は神棚に一礼すると、二手に分かれる。

その真ん中に立ったのは、道場主のようだ。

「立会人を務める平河洋内《ひらかわようない》である。お互いに名を名乗られよ」

「荒又義右衛門」

「島田鉄斎」

平河洋内は大きく頷いた。

「一本勝負。始めい」

荒又も鉄斎も正眼《せいがん》に構えた。二人はそのまま動かない。いや、鉄斎は動かないのだが、荒又は動くことができないのだ。荒又の背中には冷たい汗が流れだした。

（この男は……）

鉄斎の構えに隙がないのはもちろんだが、鉄斎からは勝負に対する欲や恐れという一切の邪念が感じられない。荒又は木刀を振りかぶらずに、鉄斎の喉元《のどもと》を狙って突いてみることにした。荒又は木刀の先に己の気を集中させた。荒又は木刀を振りかぶると見せかけて、左足で床を蹴《け》る。そして、突く。木刀の先端は鉄斎の喉元に向かって一直線に進んだ。

（勝った）

荒又は心の中で叫んだ。だが、木刀の先端は鉄斎の首に届かない。荒又は、すぐに体勢を立て直す。

「な、なぜだ……。すんでのところでかわされたというのか」

荒又はもう一度、鉄斎の喉元を狙って突く。そして、同じことが起こった。

（……風だ。この男は風だ……）

風を斬ることはできない。風を突くことはできない。荒又の心は恐ろしさに支配されようとしていた。荒又は奇声を発しながら、木刀を振り下ろす。鉄斎は、わずかに身体を動かしてかわした。荒又はなりふり構わずに、木刀を振り回した。荒又の木刀は、鉄斎の木刀にも身体にも触《ふ》れることができない。荒又の息は乱れ始めている。

鉄斎が動いた。その瞬間、カンッと木がぶつかる音がして、荒又の木刀が落ちた。見ている者には何が起こったのかわからない。荒又が打ち込もうとした瞬間に、鉄斎はわずかに切先《きっさき》を下げて、下から上に巻き上げながら、木刀を軽く叩いたのだ。鉄斎はそれだけの動きで、荒又の手元から木刀を離してしまった。そして、茫然《ぼうぜん》とする荒又の脳天に振り下ろされた鉄斎の木刀が、一寸手前でピタリと止まっていた。父、官兵衛から伝授された技だ。

「勝負あり」

荒又は、動くことができず、その場に立ちすくんでいる。

木刀を腰に戻した鉄斎は、一礼すると、奥の座敷に消えていった。

華祥は前を向いたままで、愁丸に——。

「島田さんの剣術を何と見た」

愁丸は茫然としていた。

「お前の句には丸さがない。どこかとげとげしい。それはお前の心にゆとりがないからだ。答えを求めようとするからだ。形にとらわれるからだ。先を急ぐな。ときには道草も修行になる」

華祥はまだ前を見つめている。それは鉄斎の残像に見とれているようにも見えた。

「剣を構えた島田さんの姿を見たか。荒野《あれの》に咲く一輪の花のように、凜《りん》として美しい。小鳥のように自在に飛び回り、風のように受け流し、月のように姿を変える。見事な花鳥風月ではないか。まさに達人だ。島田さんの剣には道理や理屈がない。無心なのだ。無心なのだよ。無心という心が島田さんの剣を動かしているのだ」

愁丸は何かを感じているようだ。

「愁丸よ。薫風《くんぷう》という季語があるのを知っているだろう」

「薫風……」

「若葉の香りを吹きおくる初夏の風のことだ。島田さんは、まさに薫風だな」

愁丸はその言葉を胸に刻《きざ》み込んだ。


その夜、三浦屋ではささやかな宴《うたげ》が開かれた。華祥の仕切りだ。

「私どもの不始末から、ご迷惑をおかけしました。みなさん、明日の朝には発《た》たれるのでしょう。ここでお会いしたのも何かの縁です。お別れに、ささやかですが一席設けさせていただきました。さあ、ご主人とおかみさんも座ってください」

一同は盃《さかずき》を上げた。増三郎は鉄斎に酒を注いだ。

「しかし、島田様は強かった。私には剣の動きがまったく見えませんでした。まさに神業《かみわざ》です」

浅吉も感心しきりだ。

「まったくです。ですが、思い知りました。偉そうなことは言うものではないと。荒又様は自分が負けるとは思っていなかったのでしょう。それだけに惨《みじ》めでしたね」

小林吟平から聞いたところによると、荒又義右衛門は師範代を辞し、杉浦道場から出ていったという。

酒が入ると、触れなくてもよい話題が口から出てしまう。増三郎は――。

「もし、島田様が負けたらどうなっていたのでしょうか。もっとも、私は金など盗んでいませんから、何の心配もしていませんでしたが……」

その言い方が癇《かん》に障ったのが、浅吉とお真もむきになる。

「それは私たちだって同じことです。なあ、お真ちゃん」

「そうですよ」

華祥を除く者たちは思っている。〝七両を盗んだのはだれなんだ〟と。こうなることは、わかっていた。金を盗んだ者として疑われ、足止めを食ったのだ。ここにいる者たちは、それがだれなのかを知りたがって当然だ。どうしても知りたいと言うのなら、鉄斎は「金を盗んだのは自分だ」と言うつもりでいた。

そのとき――。

「お金を盗んだのは、おいらだ。ごめんなさい」

頭を下げて、米吉が立っていた。

「米吉。そ、それは本当か」

宿屋の主は猪口を持ったまま固まった。

「おいらが盗んだ。でも。お武家様に言われた。どんな理由《わけ》があっても、人様のお金を盗むことは許されない。お金は返そうって。どんなに辛いことがあっても逃げちゃ駄目だって。逃げずに正直に生きなきゃ駄目だって」

鉄斎は優しい口調で――。

「米吉。ここに来て座りなさい。みなさん、私の話を聞いてください」

米吉は鉄斎の隣で正座《せいざ》をした。

「米吉は、ここから二里ほど北にある百姓の子です。父親が病だと聞き、主の許しをもらって様子を見に行った。そこで両親《ふたおや》が話しているのを聞いてしまったのです。借金が返せず、母親は売られることになると。お金があれば母親が売られずに済むと思った米吉は、華祥殿の部屋から紙入れを盗んでしまった……」

一同は鉄斎の話を静かに聞いている。

「米吉は、私に七両を届けてほしいと頼みました。なぜ自分で届けないのかと訊くと、死んでお詫びをするから届けることができないと言うのです」

お真は手拭《てぬぐ》いで目頭《めがしら》をおさえた。

「この子を代官所に突き出すことができますか。この米吉にどんな罪があるというのです。ですが、私にできることは、お金は返そうと、米吉を諭すことだけでした」

鉄斎は米吉の頭を乱暴に撫でた。

「米吉。よく言えた。お金を盗んだのは自分だってよく言えた。それに、ちゃんと謝れた。立派だったぞ、米吉」

「だって、お武家様が言ったじゃねえか。逃げるなって。逃げずに正直に生きれば、必ずお天道様が味方になってくれるって」

愁丸も涙を流していた。お真が浅吉を見つめる。

「ねえ。江戸に帰ろう。そうしよう」

浅吉は小さく頷いた。

「私と浅吉さんは駆《か》け落ちしてきたんです。私はお店の娘で、浅吉さんは近くのお店の奉公人。一緒になりたいと言ったら、両親にものすごい剣幕《けんまく》で許さないって言われて。それで、駆け落ちすることに決めたんです。これからどうするかなんて、何も決めちゃいないんです」

お真は涙を拭って、顔を上げた。

「でも、この子に教えられました。逃げちゃ駄目なんですよね。もう一度、おとっつぁんや、おっかさんに正面からぶつかってみる」

浅吉はお真の手を強く握った。

「そうしよう。私も今まで逃げることばかり考えていました。自分が恥ずかしいです」

お真は紙入れの中から小判を三枚、取り出した。

「私たちは江戸に帰れるだけのお金があればいいから。米吉ちゃん。おっかさんを救うには足りないかもしれないけど、このお金を使って」

お真は米吉の前に三両を置いた。増三郎は笑う。

「そんなに出されたら、私はどうすればいいんですか。国分町で遊ぼうと思って、とっておいた金が二朱《しゅ》ほどあるんです。足止めをくらってしまったので使うことができませんでした。おっと、子供の前でする話ではありませんでしたね」

増三郎は米吉の前に二朱金を置いた。華祥は紙入れを取り出す。

「すると、私は七両ということですな。戻ってはこないと諦めた金です。仙台城下には私の門下生が何人かおりまして、いずれも大店の主です。今回の旅はお忍びなので素通りするつもりでしたが、金はそこで用立ててもらいますから心配いりません」

華祥は米吉の前に七両を置いた。鉄斎はみなに頭を下げた。

「申し訳ありません。私には米吉に渡せる金がありません」

華祥は笑った。

「島田さんには剣があったではありませんか。人を斬る剣ではなく、人を救う剣が」

「すべて、華祥先生の教えのおかげです。この旅籠での出来事は、私にとって……。道草も悪くないものですね」

米吉は鉄斎の袖を引っ張る。

「お武家様。おいらの空には、たくさんのお天道様があるんだね」

「そういうことだ」

皆が泣きながら笑った。華祥は咳払いをして——。

「これから私と愁丸は北に向かいます。米吉の父親には間違いなく、この金を渡しますので、ご安心ください。愁丸、それでよいな」

愁丸は、身の置き所のない表情《かお》をしている。華祥は愁丸に酒を注ぐ。

「人が人を裁くことなどはできん。善悪を決めることなどはできん。なぜだかわかるか。世の中は丸い。丸いのだよ」

その酒は、辛口《からくち》でも甘口《あまくち》でもなく、まろやかな味がした。

江戸に着いた鉄斎は、吾妻橋《あずまばし》に差しかかる。父、官兵衛の弟子が道場を開いていると聞いたので、まずはそこを訪ねてみるつもりだ。

「とどのつまりは、また剣術か……」

鉄斎は鼻の頭を掻《か》きながら、苦笑いする。優しくそよぐ風からは初夏の香りがしていた。

特別付録

これだけははずせない！第二幕を楽しむための名場面ガイド

二〇一三年七月にスタートした「本所おけら長屋」シリーズ第一幕は、二十巻、九十三話を数えました。おけら長屋の住人たちが巻き起こす騒動からは、笑いや涙が溢《こぼ》れ落ち、人間という存在の愛《いと》しさや人生の味わいが匂い立ちます。その中からいかにも「本所おけら長屋」らしい名場面をセレクト。畠山健二先生自《みずか》ら、解説してくださいました。これからもたくさんの方たちに、おけら長屋ワールドの一員として、一緒に歩んでいただけたら幸いです。（編集部）

第二巻　その参「まよいご」

血のつながりだけが親子ではない。万造《まんぞう》と迷子《まいご》の勘吉《かんきち》の強い絆《きずな》。

「か、勘吉じゃねえか」

裸足《はだし》のまま土間《どま》に飛び下りた万造は、勘吉を乱暴に抱きしめた。

「おめえ、堀留町《ほりどめちょう》から一人で歩いてきやがったのか。こんなにくれえのによ」

勘吉は泣きじゃくる。

「お、おいら、き、来ちまった。万ちゃん、万ちゃん。怒らねえでくれよ。万ちゃん」

万造は勘吉の背中を何度も叩《たた》く。

「怒るわけねえだろ。万ちゃんだって、おめえに会いたかったんだからよ」

この「まよいご」で、万造の女性ファンが増えたそうです。最初は「優しい人」「義理堅《ぎりがた》い人」だと思っていても、深く知れば知るほどボロが出てきてガッカリというのが世の常。万造は真逆の人。知れば知るほど優しさが滲《にじ》み出てくる。そのほうが魅力は倍増するんですよね。

夕暮れの田中稲荷《たなかいなり》で出会う万造と勘吉。万造は迷子になったという勘吉をおけら長屋に連れて帰る。江戸《えど》時代は迷子が多く、自衛手段として、子供に迷子札《ふだ》をつけさせ、迷子石で情報交換をしていたんです。近所の人たちが総出で太鼓を叩きながら子供を捜《さが》す光景も珍しくなかったそう。当時は、人さらいや捨て子も多かったから、行方《ゆくえ》不明になった子供が親と再会するのは難しかったんだろうなあ。

勘吉はただの迷子ではなかった。勘吉は、子供ができない夫婦の養子となったが、その後、夫婦に男の子が生まれ、虐《しいた》げられる。それを知った万造は勘吉を自分の子として育てようとするのだが……。「いっときの感情に流されず、冷静になって考えろ」と万造を諭《さと》す大家《おおや》の徳兵衛《とくべえ》。うなだれる万造に「見損《みそこ》なったよ。何のためにあたしたちがいると思ってんのさ」とけしかけるおけら長屋の女たち。このあたりのせめぎ合いが見せ場かなあ。そして、捨て子だった万造の気持ちが痛いほどわかる松吉《まつきち》は、万造をそっと見守る。考えてみれば、世の中の出来事に対して、何が正しくて、何が間違っているかなんて、だれも決められないんですよね。「本所おけら長屋」の面白さって、そこにあるのかもしれないなあ。別れの場面は辛《つら》かったけど、万造と勘吉の間にある強い絆を伝えることができたと思います。

劇団前進座さんが「本所おけら長屋」で朗読劇をやりたいと言ってくださったので「演《や》るなら、ぜひ『まよいご』を」とお願いしました。いや～、恥ずかしながら号泣《ごうきゅう》してしまいました。今度は、ぜひ舞台での「まよいご」が観たいなあ。

第四巻　その四「よいよい」

生まれも容姿も抜群なのに、決定的に残念な侍《さむらい》・錦之介《きんのすけ》登場!!

「阿波《あわ》でーす」

錦之介は、着物と袴《はかま》を脱《ぬ》ぎ、褌一丁《ふんどしいっちょう》になったと思いきや、その褌も脱ぎ捨てた。素っ裸《すっぱだか》に頬っ被《ほかぶ》りというのはまったくもって間抜《まぬ》けな姿である。万造は腹をおさえて転げ回る。

「腹がいてえ。なんておもしれえ人なんだ。来たときとぜんぜん違うじゃねえか」

錦之介は土間《どま》に飛び降りると、瓶《かめ》の横に置いてあった出刃包丁《でばぼうちょう》を持ちだした。これには三人とも息を止めた。

「よ、よしなせえ、錦之介さん。危ねえじゃねえか」

「阿波でーす」


若芽《わかめ》錦之介……。伝説のゲストを世に送り出しちまったなあ。「本所おけら長屋」の愛読者とお話をさせていただくことがあります。「一番好きな話は?」と尋ねると、いろいろな答えが返ってきます。ですが「一番印象に残っている登場人物は?」と尋ねると、ダントツの一位は若芽錦之介なんです。わはは。嬉しいような、悲しいような……。それほど、錦之介の登場は衝撃的だったようです。

「読書メーター」という読者の方々が小説の感想を投稿したり、交流ができるサイトがあるのですが、「よいよい」が掲載されている第四巻の読書メーターでは、錦之介の話題で持ち切りです。「〝よいよい〟には爆笑。一人のときに読まないと……」「〝よいよい〟をうっかり電車の中で読んでしまい……」「〝阿波でーす〟最高！」「読書をしていて爆笑したのははじめてかも……」等々。読者の方々も「阿波でーす」を連発されております。なぜ、この年の流行語大賞に選ばれなかったのか不思議だなあ。

万造、松吉、八五郎《はちごろう》が、泥酔《でいすい》した若芽錦之介に翻弄《ほんろう》される場面は、元お笑い作家としての真骨頂《しんこっちょう》です。錦之介は全裸になりますが、その場面を想像して、女性の読者にも爆笑していただけるかが腕の見せ所です。著者としては成功したと自負しているんですけどね……。

若芽錦之介の再登場を願う声はあちこちから聞こえてきましたが、これが難しくてねえ。あれ以上の酔っ払いを描くのは無理ってもんですよ。それならばってんで、再登場の「かたまゆ」（第十四巻）では、前回の三人に加えて、〝殿様〟こと高《たか》宗《むね》（黒石藩藩主）にも被害者になってもらいました。

こんな馬鹿《ばか》馬鹿しい話が好きな人ばかりではないってこともわかってますよ。「よいよい」の前話の「すりきず」、五話には「あやかり」っていう人情話で、ちゃんと錦之介の馬鹿話を囲い込んでいますから。

第五巻　その参「はるこい」

家族のために女郎《じょろう》になった娘・お葉《よう》と、藩主・高宗の覚悟。

「お武家《ぶけ》さん、津軽《つがる》の冬は長くて、厳しいですよね。凍えそうになり、かじかんだ指先を摩《さす》りながら、じっと我慢します。我慢していれば必ず春が来るから。あたしにも春は来るのでしょうか」

高宗は、お葉を見つめた。

「きっと来る。いや、必ず春は来る」

「そうだといいんですが……。でも、長い冬になるのでしょうね」

お葉は力なく笑った。

高宗は、持ち合わせた金をすべて置いて帰るつもりだったが、それはやめることにした。鉄斎《てつさい》の言葉を思いだしたからだ。己《おのれ》のするべきことは、その場しのぎの情けではない。

この話のキモは〝上に立つ人の孤独と苦しさ〟です。大企業でも雇われ社長が増えて、腹の据わった経営者が少なくなりました。そんな社長に意見をぶつける社員もいない。みんなが事なかれ主義になっちまったんだなあ。

黒石藩藩士の尾形清八郎《おがたせいはちろう》は三年前に江戸詰《づめ》になったが、江戸に馴染《なじ》めず津軽を懐《なつ》かしむ。清八郎は偶然に知り合った万造と松吉に、無理矢理女郎屋に連れ込まれてしまった。そこで出会った女郎は……、お葉だった。お葉は、津軽で尾形家に出入りしていた百姓の娘で、清八郎にとっては妹のような存在。清八郎に密《ひそ》かな思いを寄せていたお葉にとっては、絶対に見られたくない惨《みじ》めな姿だった。

清八郎は切腹《せっぷく》覚悟で、藩主、高宗に訴える。「殿は、藩内の百姓の娘たちが、このような痛ましい暮らしをしているのを、ご存知なのでしょうか。政《まつりごと》とはだれのためのものでしょうか」と。高宗は身分を隠して、お葉に会いに行くことにした。お葉の姿を目の当《ま》たりにした高宗の目からは涙が溢《あふ》れてくる。自分は何と情けない藩主なのだ。この娘たちの犠牲《ぎせい》の上で胡坐《あぐら》をかいているのが自分なのだ。

「お武家さんも浪人《ろうにん》になって、辛い目に遭《あ》ってこられたんですね」

お葉に慰められる高宗。恥ずかしながら、私はこの場面を書いているときに号泣してしまいました。悲しすぎる場面だもんなあ。でもね、このことによって、高宗は藩主として成長していくんです。島田《しまだ》鉄斎は高宗を諭します。

「藩主がすべきことは、その場しのぎで、お葉さんを救うことではありません。そのような目に遭う者を出さない藩の体制を整えることです」

読者からは「お葉さんを何とかしてあげて！」という声が多く寄せられました。もちろん、お葉ちゃんは救い出しますよ。それが第十五巻の「はるざれ」です。お葉ちゃん。長いこと待たせちゃって、ごめんね！

第六巻　その五「だきざる」

八五郎とお里《さと》の愛娘《まなむすめ》・お糸《いと》の祝言《しゆうげん》と、溢れ出る親子の愛情。


「お糸、よく聞け。おめえは、この八五郎とお里の娘だ。だが、今日からは、そのめえに、文七《ぶんしち》の女房《にようぼう》だってことを忘れるんじゃねえぞ。どんなにつれえことがあっても、この家の敷居《しきい》は跨《また》がせねえ。そのつもりで嫁にいきやがれ」

「はい」

お糸は重みのある声で返事をした、目頭《めがしら》をおさえているお里は、もう声を出せないほどに身体《からだ》を震《ふる》わせている。

「だがよ、どうしても我慢できなかったら、どうしても我慢できねえことがあったら、いつでもけえってきな。わかったな」


私には娘がいないので、こんな物語を平気で書けますが、嫁入り前の娘さんがいる父親にとっては、涙なくしては読めない話になってしまいました。

おけら長屋の住人たちは独《ひと》り者《もの》が多く、それぞれが辛い過去や、心に闇《やみ》を抱《かか》えています。だから、個々の話が中心になってしまいがちです。でも〝家族〟の話も読みたいですよね。それを担《にな》うのが八五郎一家です。私にとっては理想的な家族なんですよ。江戸っ子気質で、涙もろい八五郎と、噂話《うわさばなし》が大好きで、お節介《せつかい》なお里は、ちょっとお間抜けな夫婦。喧嘩《けんか》も絶《た》えないけど、心の底では深く結ばれている。この八五郎とお里には自慢の娘がいて、それがお糸です。〝こんな娘がいたらなあ〟という理想の娘像を、お糸に託しました。おけら長屋の人たちって、上辺《うわべ》なんかどうだっていいんです。心の奥底にある〝絆〟が魅力なんです。この八五郎一家の〝夫婦〟〝親子〟という絆をうまく描ければ、してやったりなんですけどね。

この一家が主人公となる話は多いんですよ。八五郎とお里の馴《な》れ初《そ》めを描いた第二巻の「あいおい」。お糸と文七の恋が始まる、第三巻の「あいえん」。お糸と文七が結ばれる、第四巻の「あかいと」。そして、祝言を挙げることになったお糸を思うがゆえに、八五郎とお里が巻き起こす騒動が、この第六巻の「だきざる」。窮地《きゅうち》に陥ったお糸と文七を、おけら長屋の住人たちが救う、第九巻の「うらかた」。どれも、子を思う親の気持ち、親を思う子の気持ちがテーマになっています。「だきざる」の最後で、お糸は、八五郎とお里にこんなことを言うのです。

「私と文七さんに子供ができたら、おとっつぁんとおっかさんみたいな親になるからね……」。これから結婚をする女性のみなさん。ご両親にこの言葉を残したら、たとえ、あなたがどんなに親不孝な娘であったとしても、ご両親は「この娘を産《う》んで、育ててよかった」と思うはずです。ご参考までに。

第七巻　その四「おしろい」

ジェンダー問題もおけら流につつみ込む快作！

一八《いっぱち》の羽織は破けて、万造は羽織の切れっ端《ぱし》を握ったまま後ろに転がる。据え膳をなぎ倒し、徳利《とくり》や皿が乱れ飛ぶ。お円《えん》の顔には、ワカメが貼《は》りついた。八五郎は一八を振り回して放り投げる。一八は、お円に向かって飛んでいき、激突する。（中略）裸同然で鼻血を流しながら、取っ組み合いの輪から出てくると、その場に座り込んだ。

「さすがは、おけら長屋でげす。半端《はんぱ》じゃござんせん」

そのとき――。

「やめて。やめてください。私のことで争うのはやめて……」

八五郎、万造、松吉の手が止まる。声の方を見ると、頭に手拭《てぬぐ》いを巻き、顔にワカメを貼り付け、白粉《おしろい》をドロドロにした大男が泣いている。


ミステリアスな雰囲気で始まるこの話、じつはドタバタなんです。ハチャメチャな話になる予定が、結果として現代社会でもとりあげられる、ジェンダー問題に一石を投じる話になっちゃったりして……。そんな大層《たいそう》なもんじゃないか。

小間物問屋《こまものどんや》、永美堂《えいびどう》の主《あるじ》、円太郎は吉原《よしわら》に馴染みの女郎がいる。だが、円太郎がその女郎屋に通うのは〝女〟が目的ではない。違う〝女〟が目的なのだ。円太郎は化粧をして女になりきるのが趣味。こんな秘《ひ》め事《ごと》ができるのは女郎屋しかない。思う存分、化粧をして着飾り、女郎に褒《ほ》めてもらうのだ。もちろん、金の力でだけど。「お円ちゃん。すごくきれいよ。女の私が見ても惚《ほ》れ惚《ぼ》れする。男の人が見たら放《ほ》ってはおかないでしょうね」

円太郎はあまりの嬉しさに身悶《みもだ》える。この喜びは何事にも代えがたい。このまま死んでしまいたいと思うほどなのだ。そして、円太郎の欲望はエスカレートしていく。芸者の恰好《かっこう》をしてお座敷《ざしき》に出てみたい。円太郎は幇間《たいこもち》の一八に頼み、客になってくれる者たちを探してもらう。白羽の矢が立ったのは万造、松吉、八五郎の三人。円太郎を、いや、お円姐《ねえ》さんを褒めちぎるのが条件だが、タダで呑《の》み食いができて金までもらえるってんだから、喜び勇《いさ》んで出かけていきます。ですが、ひょんなことから、三人は大乱闘になって、一八が仕組んだ宴席はぶち壊しになります。それが冒頭の場面です。三人にとっては、円太郎の女装趣味なんて、どうでもいいことなんです。

「みんな、そんなもんでさあ。旦那《だんな》はそれが化粧ってことでしょう。五十歩百歩ってことじゃねえですか」

そして、万松《まんまつ》の二人は、円太郎が女装をして大勢の人の前に出られる手立てを考えます。円太郎は救われたんです。

第八巻　その五「こしまき」

泣きの〝反則技〟連発！　孤独な老武士と犬の絆に涙が止まらない。

「富士《ふじ》、この頑固《がんこ》な病人さんを、ちゃんと連れてくるのよ。痛いときだけ薬を飲んだって治《なお》らないんだから」

富士は喜んで尻尾《しっぽ》を振る。富士とお満《まん》などは目に入らないとばかりに、豪右衛門《ごうえもん》は背を向けて歩き出す。富士は、お満に申し訳なさそうな顔を見せると、足早《あしばや》に豪右衛門を追うのだ。

そんな富士が不安そうに鳴いている。お満は富士の前にしゃがみ込むと、富士の顔を両手で撫《な》でた。

「どうしたの、富士……」

私は小説を書く前にプロットを考えません。プロットとは、建物の設計図のようなものです。小説教室などに行くと必ず「まず、プロットを書きましょう」と教わるのですが、そんなもんは無視です。物語がどうなるかわからないから、書いていて面白いんですよ。設計図通りに書いていたら、設計図を超える小説は書けません。私はまず事件を起こしてしまってから、おけら長屋の住人たちと一緒に考えるんです。どうやって解決しようかって。

そんな私ですが、この話は〝泣かせる話〟って、最初から決めてたんです。しかも反則技を連発して。反則技のツールとしては「子供」「別れ」「死」などがあります。この三つを組み合わせれば最強の泣き話ができるのです。そして、もうひとつ、絶対的なツールが「動物」です。

孤独で無骨《ぶこつ》な老浪人、郷田《ごうだ》豪右衛門。融通《ゆうずう》の利《き》かない気質と、その頑固さゆえに浪々《ろうろう》の身となり、唯一の肉親だった娘の鈴音《すずね》も家を出ていってしまう。その夜、豪右衛門は死にかけた仔犬を拾い、豪右衛門はこの犬を〝富士〟と名付け、一緒に暮らすことになる。だが、豪右衛門の身体は病《やまい》に侵《おか》され、残された日々は少ない。万造と医師のお満は、豪右衛門の息のあるうちに、仲違《なかたが》いをした鈴音と会わせようと画策する……。まったくもって、見事な反則技の連発ではありませんか。

お満は仲違いしていた父、木田屋宗右衛門《きだやそうえもん》との関係を、万造に修復してもらっています。そのことが頭をよぎったのでしょうね。そして、今回の出来事により、万造に対する思いも深まっていきます。

最後の墓前での場面は、やりすぎだとのご意見もありましたが、中途半端な反則はやりません。どうせやるなら徹底的にやりますからね。富士も幸せだったと思いますよ。豪右衛門とずっと一緒にいられることになったのですから。

第十巻　その壱「さかいめ」

おけら長屋の人気者・金太《きんた》。ハンデがあっても、それは魅力でしかない。

座り込んでいた弥太郎《やたろう》が見上げると、みんなが穏《おだ》やかな眼差《まなざ》しで自分を見つめていた。鉄斎も、万造も、松吉も、久蔵《きゅうぞう》も……。金太がやってきて、弥太郎の前に座った。

「おめえ、怪我《けが》はしなかったのか。よかったなあ。おめえはおっかさんの面倒《めんどう》をみなくちゃならねえからな。おっかさんは大切にしなきゃならねえぞ。と、ところで、おめえはだれだ」

金太の目には穢《けが》れがない。弥太郎の目には涙が溢れてきた。

この「本所おけら長屋」という小説が読者のみなさんに受け入れてもらえるか、その鍵を握っているのは金太の存在だと思っていました。金太という人物は、現代社会において、かなりデリケートな存在なんですよ。金太のような人を馬鹿にしてはいけません。白い目で見てはいけませんっていう風潮《ふうちょう》でしょ。確かに正しい意見なんだけど、それって、関わりを持たないってことにもなりかねない。もっと冷たい言い方をすると、無視するってことでもあるんですよ。関わりを持たなければ、世間《せけん》から非難されることはありませんからね。でも、一番辛いのは無視されるってことじゃないのかなあ。

万造や松吉は、金太を馬鹿にするし、利用したりもする。でも、それって金太を仲間に入れているってことなんだよね。おけら長屋には、ちゃんと金太の居場所があるんですよ。それが万造と松吉のやり方なんです。

この「さかいめ」では、その境界線が〝キモ〟になっています。草履屋《ぞうりや》の馬鹿息子、弥太郎はその境界線をわかっていない。だから金太を騙《だま》して、金をかすめ取ってしまう。万松の二人はそれが許せず、弥太郎を殴《なぐ》り飛ばす。弥太郎にも言い分はあるんです。

「あの人たちだって、金太さんのことを馬鹿にしてるじゃないですか」

島田鉄斎が弥太郎を諭します。

「おけら長屋の人たちは、ありのままの金太さんに、そのまま接しようとしているんだ」

鉄斎はきっと〝そこに愛はあるのか〟と言いたかったのではないでしょうか。

「本所おけら長屋」二十巻の歴史の中で、金太に対する扱いについて苦情が寄せられたことは一度もありません。それどころか、今や金太は、おけら長屋のスーパースターですよ。日本はまだまだ大丈夫です。本当の優しさを理解している人がたくさんいるんですから。そんなこともあって、この外伝では、金太がおけら長屋にやってきたときのことを、どうしても書きたかったんです。

第十二巻　その壱「しにがみ」

〝お節介〟こそ真骨頂。やっぱりおかみさん連中は最強で最高。

お染《そめ》は一度、言葉を切った。

「あたしたちは約束させちまったんですよ。お道《みち》さんのために金を盗もうとした留吉《とめきち》さんに、もう泥棒はしませんってね。もし、留吉さんが五両という金を盗むことができたら、お道さんは岩本屋《いわもとや》の妾にならずに済むかもしれないでしょう」

お咲《さき》も、したり顔で頷《うなず》く。

「そうさ、それをやめさせちまったんだから、今度はあたしたちが何とかしなくちゃならない。それが道理ってもんじゃないか」

おけら長屋の真骨頂といえば何といっても〝お節介〟です。第五巻の「ねのこく」では幽霊にまでお節介を焼いて、成仏《じょうぶつ》させちまうんですから留《とど》まるところを知りません。この話も究極《きゅうきょく》のお節介。おけら長屋の女たちが活躍します。

おけら長屋に入った泥棒を、お咲、お里、お奈津《なつ》、お染が捕《つか》まえます。話を聞くと……。これがなんとも気の弱そうな泥棒で、女たちの餌食《えじき》にされてしまいます。

この泥棒は留吉という屑屋《くずや》。世話になったお道という後家《ごけ》が、五両の借金が返せず、貸主の助平爺《すけべえじじい》から妾になれと迫られている。何としても、お道を助けたい。

どうしても五両が要《い》ると打ち明けた。女たちは「二度と盗みなどはしない」と誓わせ、留吉を見逃《みのが》すことにした。元より盗まれる金なんかないおけら長屋の住人たちにとっては、泥棒なんてどうでもいいこと。興味があるのは、その、お道って女のことだ。冒頭は、そんな場面での女たちの台詞《せりふ》です。滅茶苦茶な理論だよなあ。

女たちは、お道を救うべく動き出します。

「今回は万松や鉄斎の旦那の力を借りずに、あたしたち女だけで、なんとかしようって決めたんじゃないか。こっちにも意地ってもんがあるからね」

「女だけでなんとかするって言ってやすけどね、あっしたちにやらせるだけで、何にもやっちゃいねえ気がしやすが……」

さすが、おけら長屋の女たち。万松たちといい勝負です。

古典落語に『死神』という話があります。三遊《さんゆう》派のお家芸で、昭和の名人・円《えん》生《しょう》や、五代目円楽《えんらく》が得意とした大ネタです。この話のオチは言葉ではなく、形で示す〝仕種《しぐさ》オチ〟といわれる珍しいものです。お笑い作家でもある私が「しにがみ」というタイトルをつけたからには世間を唸《うな》らせるオチをつけなければなりません。〝お見事！〟とまではいきませんが、乙《おつ》なオチになったと満足しています。

第十三巻　その四「ゆうぐれ」

江戸っ子の粋《いき》を体現する娘・お栄。松吉との恋の行方は――。

「夕陽《ゆうひ》ってえのは、どうして赤いか知ってるかい」

お栄は何も答えない。

「お天道様《てんとさま》が、今日あった辛《つれ》えことや悲しいことを、燃やしてくれてんだってよ。だから明日になりゃ、そんなことは忘れて頑張れるってことらしいや」

子供のころの夕暮れ、姉二人に嫌味《いやみ》を言われて泣いていると、お律《りつ》が肩を抱いてそう教えてくれた。

「だけどよ、あんなに広《ひれ》え空が真《ま》っ赤《か》になるんだからよ、世の中にゃ、辛えことや悲しいことが、たくさんあるんだろうなあ」

第一幕後半の大きな目玉は、万造とお満、松吉とお栄の恋バナです。読者のみなさんをヤキモキさせたようですが、一組はそろそろ決着をつけないとね。そんなわけで、松吉とお栄にくっついてもらうことにしました。

巻を追うごとに、めきめきと頭角《とうかく》を現してきたのが、酒場《さかば》三祐《さんゆう》の看板娘、お栄です。お栄は思ったことをズバズバ言うおきゃんな娘で、万松の二人とも伍《ご》して戦える、いや、場合によっては万松をねじ伏せることができる頼もしい娘。何よりも気《き》っ風《ぷ》がいいんです。お栄は第八巻「うらしま」で、湯屋《ゆや》の下働き、亀次郎《かめじろう》に惚れられてしまいます。ところがこれは仮の姿で、本当は江戸一番の鼈甲《べっこう》問屋、浦島屋《うらしまや》の跡取り息子。浦島屋の掟《おきて》で身代《しんだい》を継ぐ者は三年間、他人の飯《めし》を食って修業《しゅぎょう》をすることになっていたんです。お栄は、嫁にきてほしいと言う亀次郎に——。

「あんたのことが嫌いってわけじゃないけど、身代目当てで嫁にいっただなんて陰《かげ》口《ぐち》をたたかれたんじゃ、末代《まつだい》までの恥だからね」

見事な啖呵《たんか》を切るんです。お栄はこのときにはもう松吉に惚れていたのかなあ。それは私にもわかりません。この「ゆうぐれ」では、印旛《いんば》にある松吉の実家で、松吉の姉二人に苛《いじ》められている松吉の兄嫁、お律を助けるために松吉とお栄がひと芝《しば》居《い》打ちます。しかし、お栄は「男や爺《じじい》に言われるならまだしも、同じ女にそんなことを言われるたあ、空《あ》いた口が塞がらないよ」って、台本にはない啖呵を切ってしまいます。女性読者は拍手喝采《はくしゅかっさい》だったのではないでしょうか。このことがきっかけとなって、二人は本当の気持ちを打ち明けるのです。

二人が抱き合う場面はちょっとクサかったかなあ。でも、これには理由があるんです。万造とお満はどんな場面で抱き合うことになるのでしょうか。万松と称される唯一無二のコンビですからねえ。同じ場面にするのが筋《すじ》ってもんです。

第十六巻　その四「あいぞめ」
お満の窮地を救うのはやっぱり万造！

「だれか好きな男《ひと》がいるんですか」

お満は、胸元に入れている赤い御守《おまもり》に優しく触《ふ》れた。

「います」

「はっきりと答えますね。もう、夫婦《めおと》になる約束をしてるんですか」

お満は微笑《ほほえ》む。

「まだ約束はしていませんし、相手の気持ちもわかりません。でも、生涯を共にするなら、その男《ひと》しかいないと心に決めています」


この話はタイトルから決まりました。私は藍染《あいぞめ》が大好きでして、ジャパンブルーってやつです。長屋小説を書いている手前、イベントなどでは作務衣《さむえ》を着ることにしています。楽だし、体型の変化にも対応できますからね。生地《きじ》はやっぱり藍染ですよ。着れば着るほどに馴染んでくるんです。

お満がはじめて登場するのは第三巻の「ておや」です。万造とお満は出会いから激しいバトルを繰り広げたわけですが、最後には結ばれるにおいがプンプンしますねえ。ラブコメディーの典型的なパターンですよ。そのとき、私は決意しました。この二人のことは引っ張るだけ引っ張ってやろうと。それにも限界がありま す。この「あいぞめ」では、お満の気持ちが読者のみなさんにはっきりと伝わるん です。それが冒頭の場面ですね。お満はこの後、万造についてこんなことを言うの です。

「仕事を怠《なま》けて吉原通《なか》い、酒や博打《ばくち》にうつつを抜かす。楽して儲《もう》けることばかり考える。でも、ひとつだけ……。何が起こっても、自分がどうなろうとも、必ず私を守ってくれます。そんな人が近くにいてくれるって幸せなことじゃないですか」

この話ではお満が名台詞を連発します。殺人鬼と化してしまった春之助《はるのすけ》に――。

「藍染は染めてから色が落ち着くまで五年はかかる。深みのある色になるのに十年。鮮《あざ》やかな色になるには二十年かかるって。人も同じなのよ」

この台詞を言わせたくて、春之助を藍染問屋の跡取り息子という設定にしました。

人間形成は一年や二年でできるもんじゃない。いろんなことを乗り越えて、深みのある人になっていくんですね。ちなみに、万造は第六巻の「だきざる」で、三途《さんず》の川を渡りかけたお満を引き戻し、この「あいぞめ」では、身体を張ってお満を守ります。守れなかったけど。命懸けで自分を守ってくれる人がいるのか。己に問いかけてみると、残念ながら即答はできません。お満は幸せな女なんだなあ。

夫として父として人として。間違いながらも成長していく久蔵。

お梅は、久蔵の思いもよらぬ言葉に、胸を詰まらせる。

「そ、そうだね。お前さんの言う通りだね。ありがとう、お前さん。亀吉《かめきち》を信じてくれて……」

久蔵は、憮然《ぶぜん》とした表情《かお》で――。

「なんだい、その言い方は。まるで亀吉が自分だけの子みたいな言い方じゃないか。亀吉は、私とお梅の子なんだからね」

久蔵はそう言うと、お梅に優しく笑いかける。


「本所おけら長屋」では長年にわたって、呉服《ごふく》問屋の手代《てだい》、久蔵の成長を描いてきました。第一巻の「ふんどし」で、おけら長屋に住む表具師《ひょうぐし》、卯之吉《うのきち》の娘、お梅は湯屋で見知らぬ男に襲《おそ》われ身籠《みご》もってしまう。お梅が久蔵を好いていたことを知った万造と松吉は、久蔵を説得します。「お梅ちゃんと一緒になれ。それが男ってもんだ」って。強引だなあ。

そのとき、久蔵はこんなことを思うんです。〝おけら長屋の住人たちは、干渉《かんしょう》し合い、助け合い、一緒に泣いて、そして笑う。そのためにはだれかが我慢することも必要なのだろう。今は自分にその番が回ってきたのかもしれない〟と。久蔵の心は揺れますが、お梅と所帯《しょたい》を持ち、生まれてくる子の父親になる決意をします。

第二巻の「だいやく」では――。お梅の出産が近づき、久蔵は不安になります。自分は生まれてくる子を心の底から、自分の子だと思えるのだろうか。そんなとき、お梅を湯屋で襲った男が名乗り出てくるのです。すったもんだの末、久蔵は悟《さと》るんです。人は血でつながってるんじゃない。心でつながってるんだってことを。

少し成長する久蔵です。第三巻の「ふろしき」では、亀吉が誕生します。久蔵は亀吉のためにも早く出世したいと張り切りすぎて、とんだ勇み足《いさあし》を踏んでしまうのです。万松の二人に「おめえがするべきことは出世なんかじゃねえ。お梅ちゃんと亀吉の側《そば》にいてやることじゃねえのか」と小言《こごと》を食らって、久蔵の成長は一歩前進です。第五巻の「まさゆめ」では、お梅と亀吉のためにと、富《とみ》くじに右往左往して、今度は半歩後退。一進一退ってやつですなあ。

そして、第十七巻の「みなのこ」です。歩けるようになった亀吉が、友だちに怪我をさせた疑いをかけられる。状況からして亀吉は窮地に立たされます。だが、久蔵は亀吉を信じる。それどころか、怪我をさせてしまった子も救おうとするのです。夫として、父親として、人として、久蔵は成長していくのです。

第二十巻　その弐「ひきだし」
母との再会が、万造を苦しみから解《と》き放《はな》つ。

鉄斎は鼻の頭を掻《か》く。

「千尋《ちひろ》さんの部屋にあった、あの小さな箪笥《たんす》の引き出しにだって、あれだけの秘め事が隠されていたんだ。人の心の中にある引き出しには、どれだけの秘め事が詰まっているのだろう。その引き出しは開けずに、そっとしておくのが優しさというものではないかな」

お蓮《れん》は、おけら長屋の人たちから、たくさんのことを学んだような気がした。

第一幕の最後を飾る第二十巻。この巻では、捨て子だった万造の出生の秘密と、万造とお満の恋の成就《じょうじゅ》が物語の柱となります。万造が捨て子だったことには、たびたび触れてきました。第二巻の「まよいご」。第六巻の「ゆめとき」は万造の育ての親、源吉《げんきち》の話です。ちなみに、万造は花見が嫌いなんです。万造が捨てられていたのは桜が満開の日で、額《ひたい》には桜の花びらがくっついていたからです。万造はずっと自分を捨てた親を恨《うら》んで生きてきました。おけら長屋の仲間たちは、そのことには触れません。万造の気持ちが痛いほどわかるからです。

この第二十巻で、万造をその苦しみから解き放ってあげようと思っていました。

母親と再会させるってことは決めてましたが、悩みましたねえ。万造を捨てたのには、どんな事情があったのか。そして、どんな母親なのか。それは、おけら長屋の住人たちに任せることにしました。松吉、お栄ちゃん、鉄斎、お染さん、頼みましたよ～って感じです。あの人たちなら何とかしてくれると思ったんです。そうしたら、筆が（って、パソコンですが）勝手に動きだすんです。万造には、抱き合って号泣するなんて場面は似合いません。粋な再会になったと思っています。

そして、お満との恋。これも決着をつけなければなりませんね。長かったもんなあ。万造とお満が出会ってから八年半か……。執筆の期間ですけど。

この「ひきだし」では、おけら長屋の仲間たちが、万造のために尽力します。キーパーソンとなる千尋が死んでしまい、彼女の残した簞笥の中から手掛かりが見つかる。冒頭はそのときの鉄斎の言葉です。

第二十巻の最後の場面――。万造は両国橋《りょうごくばし》で振り向き、おけら長屋に向かって何やら唇を動かします。万造は何と言ったんでしょうねえ。みなさんがこの場面にピタリとくる台詞を思い浮かべてくれたら嬉しいです。

この物語はフィクションであり、実在した人物・団体などとは一切関係ございません。

本書は、書き下ろし作品です。

編集協力――武藤郁子

著者紹介

畠山健二（はたけやま　けんじ）

1957年、東京都目黒区生まれ。墨田区本所育ち。演芸の台本執筆や演出、週刊誌のコラム連載、ものかき塾での講師まで精力的に活動する。著書に『下町のオキテ』（講談社文庫）、『下町呑んだくれグルメ道』（河出文庫）、『超入門！ 江戸を楽しむ古典落語』（ＰＨＰ文庫）、『粋と野暮 おけら的人生』（廣済堂出版）など多数。2012年、『スプラッシュ マンション』（ＰＨＰ研究所）で小説家デビュー。文庫書き下ろし時代小説『本所おけら長屋』（ＰＨＰ文芸文庫）が好評を博し、人気シリーズとなる。

ＰＨＰ文芸文庫　本所おけら長屋 外伝

2023年９月15日　第１版第１刷

著　者　畠　山　健　二
発行者　永　田　貴　之
発行所　株式会社ＰＨＰ研究所
東京本部　〒135-8137 江東区豊洲5-6-52
文化事業部　☎03-3520-9620（編集）
普及部　☎03-3520-9630（販売）
京都本部　〒601-8411 京都市南区西九条北ノ内町11
PHP INTERFACE　https://www.php.co.jp/
組　版　朝日メディアインターナショナル株式会社
印刷所　図書印刷株式会社
製本所　東京美術紙工協業組合

ISBN978-4-569-90340-8

PHP文芸文庫

本所おけら長屋（一）〜（二十）

畠山健二　著

江戸は本所深川を舞台に繰り広げられる、笑いあり、涙ありの人情時代小説。古典落語テイストで人情の機微を描いた大人気シリーズ。

PHP文芸文庫

スプラッシュ マンション

畠山健二 著

マンション管理組合の高慢な理事長にひと泡吹かすべく立ち上がった男たち。奇想天外なその作戦の顚末やいかに。わくわく度満点の傑作。

PHP文芸文庫

鯖猫《さばねこ》長屋ふしぎ草紙(一)〜(十)

田牧大和 著

事件を解決するのは、鯖猫!? わけありな人たちがいっぱいの「鯖猫長屋」で、不可思議な出来事が……。大江戸謎解き人情ばなし。

PHP文芸文庫

幽霊長屋、お貸しします(一)~(二)

泉ゆたか 著

事件を集める種拾い・お奈津は〝幽霊部屋専門〟の家守、直吉に出会い――。「時代小説×事故物件」の切なくも心温まる人気シリーズ。

PHP文芸文庫

いい湯じゃのう（一）〜（三）

風野真知雄 著

徳川吉宗が湯屋で謎解き⁉ そこに江戸を揺るがす、御落胤騒動が……。御庭番やくノ一も入り乱れる、笑いとスリルのシリーズ！

PHP文芸文庫

婚活食堂1～9

山口恵以子 著

名物おでんと絶品料理が並ぶ「めぐみ食堂」には、様々な結婚の悩みを抱えた客が訪れて……。心もお腹も満たされるハートフルシリーズ。